新史学

观 古 今 中 西 之 变

新史学译丛

中国文学中的
孤独感

［日］斯波六郎　著

刘　幸　李曌宇　译

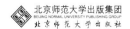

北京师范大学出版集团
BEIJING NORMAL UNIVERSITY PUBLISHING GROUP
北京师范大学出版社

中文版序

初读此书时，我还是广岛大学文学部中国文学研究室的本科生。那个时候，在中国文学研究室，文学方面有横田辉俊副教授，语言学方面有古田敬一教授、森野繁夫副教授等几位先生。

原子弹爆炸之后，广岛沦为一片废墟。斯波六郎博士到这里来赴任，担任广岛大学中国文学研究室的教授一职。我从恩师森野繁夫先生那里听到过关于斯波先生的一些逸事。曾经挂在研究室的斯波先生的墨宝"师严然后道尊"（《礼记·学记》），无论是从文辞上还是从字迹上，都颇能彰显斯波先生的人格。

斯波六郎书

这回，趁着为中文版作序的机会，我又重读了一遍此书。虽然无法清晰地回想起20岁之前初读此书的感想，但如今自己也到了耳顺之年，对"孤独感"这一问题，多多少少能够理解一些了。

斯波先生对孤独感的研究，除了极具说服力之外，其考证的严谨准确也自不待言。随着对作品的例举分析而展开论述，读者也能够充分理解中国文学中的孤独感。我自己也真想以学生的身份，去听听斯波先生的课。

斯波六郎像

我们国家的中国文学研究，首先留意的是对中国的古典作品进行正确的解读，在对作品充分的理解之上，再进行学术上的考证。这种以考证学为基础的研究成果，有一部分被译为了中文，中国学者也能够读到。我们日本的中国文学研究者，则大多阅读了以中文写成的论文。从这个意义上讲，研究成果的交流是单向进行的。

这一次，刘幸、李墨宇两位同学将斯波先生的大作译为中文，使得这本书不仅能够被中国的学者读到，还能够被普通的读者广泛读到，这真是一件可喜可贺之事。此书的翻译颇为困难，不仅仅是将日文译为中文那么简单。译者如果对中国文学缺乏深刻的理解，是难以做到的。在这个意义上，可以说两位同学为中日学术交流做出了非常大的贡献。

对我自己来说，能够得到撰写这篇序文的机会，先于他人读到此书的中文翻译，也是莫大的幸运。再次向刘幸、李墨宇两位同学奉上诚挚的谢意。

衷心期待今后有更多日本学者的中国文学研究成果可以被译为中

文，研究成果的交流不再是单向进行，而是双向的互动。

广岛大学教授　佐藤利行①

---

　　①　佐藤利行（Sato Toshiyuki，1957—　　），日本著名汉学家，现任广岛大学副校长、文学研究科教授，研究领域主要为中国六朝文学和中日比较文化学。有《陆云研究》《西晋文学研究》《王羲之研究》等专著行世。

目　录

第一章 孤 独

《孟子·梁惠王下》中有言："老而无子曰'独'，幼而无父曰'孤'。"此外，"老而无妻曰'鳏'，老而无夫曰'寡'"。这四者合起来，被视为"天下之穷民而无告者"。然而，在孟子这里，"孤独"这样一个复合词尚不见使用。

接下来到了《荀子·王霸》，其中虽然有"孤独鳏寡"[①]这样的措辞，但这还不能和"孤独"这样一个复合词等而视之。

不过，人们普遍认为"孤独"这个复合词是承续了孟子和荀子的意思演变而来的，在《礼记·王制》《淮南子·时则训》，以及司马相如的《上林赋》中已经能够见到了。[②] 作为"孤独"这个词而言，这是最早的用例。

只不过，这几个用例主要指的是在物质生活方面无所依凭的意思；

---

① 《荀子·王霸》："政令制度，所以接下之人百姓。有不理者如豪末，则虽孤独鳏寡必不加焉。"——译者注。本书所有注释均为译者注，为尊重作者及原文，本书均未对斯波六郎的知识性观点做改动，后不赘述。

② 《礼记·王制》："养耆老以致孝，恤孤独以逮不足。"《淮南子·时则训》："养幼小，存孤独。"《上林赋》："恤鳏寡，存孤独。"

而今天普遍使用的"孤独"这个词主要指的则是精神生活，其内涵略有偏差。

此外，如果认同"特"字与"独"字相通的话，那么，搜寻"孤特"这个词，在《管子·明法解》《韩非子·孤愤》，以及《史记·项羽本纪》中所引陈馀写给章邯的信中，也能见到①。不过，在这些用例中，"孤特"指的是在政治以及人际交往的对外关系中处于孤立无缘的状态，并非从个人精神生活的角度所谈。

那么，从精神生活的角度出发，或者说，至少也要更多地包含一些精神生活层面的意思，这样一个"孤独"的出现，我认为最早也要等到 2 世纪中期以后，临近东汉末期的时候。在《楚辞·七谏》王逸注中见到的"孤独"，以及《毛诗·小雅·正月》郑玄笺中出现的"孤特"（"特"与"独"相通），便是此例②。可以认为，这和现代日语中的"孤独"已经非常接近了。

虽然说在中国，与这个意思相勾连的"孤独"这个词是在 2 世纪中期以后才出现的，但是，对孤独这种情绪的自觉意识却在更早之前就有了。

从这里开始，我想要谈的"孤独"，都遵循现代日语的意思。

---

① 《管子·明法解》："故法废而私行，则人主孤特而独立，人臣群党而成朋。"《韩非子·孤愤》："处势卑贱，无党孤特。"《史记·项羽本纪》："今将军内不能直谏，外为亡国将，孤特独立而欲常存，岂不哀哉！"

② 《楚辞·七谏》："块兮鞠，当道宿。"王逸对后一句注有："夜止曰宿。言己孤独无耦，块然独处，鞠然偏偟，当道而颠卧，无所楼宿也。"《毛诗·小雅·正月》："念我独兮，忧心殷殷。"《笺》："此贤者孤特自伤也。"本书第三章中，斯波六郎在讲解《诗经》时再度引用了此诗。

多年以前，在某本杂志上，某位作家，大致写过这样一件事：据东京警视厅的调查，自杀者分为写了遗书的和没写遗书的两种。而且，年轻人几乎都写了遗书，而中年以后的人则不怎么写。这是因为中年以后的自杀者有非常复杂的情况，往往认为他人是无论如何也理解不了的。换言之，其本质是排斥他人的理解的。因为已经复杂到了排斥他人理解的程度，所以遗书就没法写了。

正如这件事所表明的那样，这种认为一切都只是自己个人的问题，没有可以停靠的港湾，孤立无援的心绪，换言之，令自己感觉到孤独的心境，便是"孤独感"。

然而，这种孤独感也并不是只有自杀者才会感觉的到的，只要是会内省的人，都会在这方面或多或少有一些经验吧。此外，如果对这种个人体验到的孤独感追究到底的话，想来也不难注意到，人之为人，终归是孤独的吧。

人类这种生物是会经营社会生活的。《荀子·王制》中曾写过这样的意思：人类啊，单就一个人的能力来看，是很贫弱的，负荷之力不及牛，奔跑之速不及马。然而尽管如此，却能使役牛马，这是为什么呢？这是因为人能经营集体生活吧。（力不若牛，走不若马，而牛马为用，何也？曰：人能群，彼不能群也。）

写下这本《荀子》的荀况是公元前4世纪与公元前3世纪之交的人，这些话似乎很早就暗示了人是具有社会性的。

然而，一方面人类原本就具有这样的社会性，但与此同时的另一方面，从一开始，人类也有着人人殊异的性格。

《左传·襄公三十一年》中已有"人心之不同也，如其面焉"之语。在我想来，从这句话看，古人已经隐隐约约地察觉到这一点了吧。"人心之不同"，指的是人会有各种各样的想法。说得极端一点，这也暗示着每个人都是各自孤独着的。

此外，还有"同床异梦"这个成语，虽然不是那么古老，但如果从它所暗示的人类的孤独性来看，也是意味颇深的。

人就是这样，一方面有着"社会属性"，但另一方面，又有着"孤独性"。也不妨说，正是因为"孤独"，所以才要造出一个社会吧。

那么，"孤独感"的深处，到底是什么呢？是生命的不安感吗？人在任何时候，都在心里的某个角落里，藏有一种动物性的、对生命的不安感。以此为根源，难道不会感觉到"孤独"吗？

关于这种不安感，在《列子·天瑞》里有一个很有意思的故事。过去，在杞这个国家里，有个爱操心的人，他担心着天会不会坠下来，地会不会裂开，甚至担心到了不吃也不睡的程度。他有这样的担心，而又有人因此而担心他，特意跑去慰问他。"杞忧"或者是"杞人忧天"的成语，便由此而来，表示的是"对小事也极端操心"。

此外，到了3世纪的时候，有个叫阮籍的人，他是所谓"竹林七贤"中的一位。此人在《大人先生传》这篇文章中也曾表达过这样的意思：在过去，天在下头，地在上头，反反复复颠倒，现在是变成了这样，但还没有安定下来。①

---

① 其原文为："往者，天尝在下，地尝在上，反复颠倒，未之安固。"

列子的故事也好，阮籍的文章也好，都是出于表达他们各自哲学的需要而写下的。而阮籍有这样的想法，恐怕尤其是因为对当时时局的不安。总之，从这两个人的想法来看，虽然颇有趣味，但是也可以说，这象征着人类生来就有的不安感。

不过，不安感在一方面表现为忧愁，另一方面也表现为苦恼。也可以说，人与生俱来就怀有的"不安"，其实就是"忧愁"与"苦恼"。

关于此，庄子早就有言："人之生也，与忧俱生。"（《庄子·至乐》）他也表达过"人生中各种各样的担心太多了，仔细想来，一个月里头，能开口大笑的日子也不过就四五天罢了"①（《庄子·盗跖》）这类的意思。这是说，人在一生当中，总为忧愁所缠绕，苦恼的日子一天接着一天。因此，庄子才会说："寿者惛惛，久忧不死，何苦也。"（《庄子·至乐》）

遭逢"忧愁""苦恼"——其根柢乃是"不安"，同时，当这种"不安"没法传递给任何人，只能是自己一个人的感受时，所谓"孤独"的感觉便会油然而生。

然而，孤独感并不总是在独自一人的时候产生，也有可能是在众人之中。山上忆良②曾有一首和歌：

---

① 其原文为："人上寿百岁，中寿八十，下寿六十，除病瘦死丧忧患，其中开口而笑者，一月之中不过四五日而已矣。"

② 山上忆良（660—733），日本奈良时代初期的贵族、歌人。701 年，他曾任日本第八次遣唐使团的少录，即书记官。次年到唐都长安，两年后归国。其汉学造诣较深，擅长作中国古诗。曾编纂和歌集《类聚歌集》，后失传。本书对日本和歌的汉译，主要参考了李芒的《万叶集选》。

忆良将罢宴，恕不再奉陪；娇儿正哭泣，阿母待我归。

（憶良らは今やまからむ子泣くらむそのかの母も吾を待つらむぞ。）

在《日本文学》昭和二十八年（1953 年）七月号中，西乡信纲对山上忆良的这首作品，有这样的论说：

> 将这首《罢宴歌》，简单地理解为歌唱家庭感情，未免失之浅俗。紧随这首作品之后的就是大伴旅人①的"忧烦无补益，何必苦思量；且饮杯中酒，浊亦发清香"（験なき物を思はずは一杯の濁れる酒を飲むべくあらし）等十三首《赞酒歌》。这些都是对享乐的贵族生活的抗拒。如果没有考虑到态度冷淡地立于宴席中的山上忆良的心绪，那么无论如何也没法对这类和歌的创作缘起有具体的理解吧。像"憶良らは（我忆良啊）"这样，强调着自己的名字，唱出和歌的方式，也明显地将这种抗拒呈现了出来。

我觉得这个论点非常有趣。在这里，也不知道会不会有些画蛇添足，我将自己的一点看法加在后面。山上忆良在众人得意扬扬享受荣华生活的时候，没法与周遭调和，只能看见一个被遗弃的，孤零零的

---

① 大伴旅人（665—731），日本奈良时代初期的政治家、歌人。他曾以大宰帅的身份至九州的大宰府赴任。730 年，被任命为大纳言而回京，翌年升格至正二位，不久后病逝。他以终身嗜酒、赞酒，并在歌作中直率表现怀乡情绪而知名。

自己。这就感觉到了一种无论如何也表达不出来的寂寞感。由此，才想要早一点回到妻子身边，这便是创作这首和歌的动机吧。这种一个人孤零零的感觉，通过"忆良啊"（憶良らは）这种将自己明确凸显出来的方法很好地表现了出来。在中国，《诗经》《楚辞》中也是如此，当意识到一个与他者隔绝开来的自己的时候，"我""余""吾"之类的第一人称代词就会被频繁使用。这是一种在众人当中感到孤立的感觉，也就是在众人中的孤独感。

《庄子·则阳》中也表达过"虽然活在人群之中，但无论如何，也有人不愿意和周围之人全无隔阂地融到一起。这样的人，便是陆沉"①的意思。沉于水中，是很自然的事，但"沉于陆地"，则是譬喻虽然在人群之中，但想要与之融合则不可能。也可以理解为，即便想要去解决这一隔阂，也依旧会见出人群中的"孤独感"。松尾芭蕉也无法与时世相调和，紧紧抱着一个孤独的自己，并且将这种感情往深处挖掘。我想，他正是以这种孤独感为基础，才写下了他的那些俳句吧。

这里的孤独说到底是精神上的问题，但正如一开始所引用的《孟子》《荀子》中所见的"鳏寡孤独"那样，这也是一个物质上的问题吧。

此外，孤独感是被他人所排斥时，或者说，感到被他人排斥时，又或者说，感到自己的想法无法与他人相通时的一种心理状态。进一步说，是自己的想法无法与他人相通，感觉到只有自己被遗弃后，自己看着自己时，生发出来的一种心境。因此，也可以说这是自我凝视

---

① 其原文为："是圣人仆也。是自埋于民，自藏于畔。其声销，其志无穷，其口虽言，其心未尝言。方且与世违而心不屑与之俱。是陆沉者也，是其市南宜僚邪?"

时的一种感觉。可是，并不仅仅是在有孤独感的时候才会自我凝视，在道德反省的时候，也会自我凝视。

我们在自己反省自己内心的时候一定会注意到，除了"我"之外，还有一个注视着"我"的另一个"我"，更进一步讲，注视着这一切的第三个"我"，第四个"我"，多少个"我"都是存在的。第二个"我"注视着第一个"我"，这就是自我凝视。因此，从道德的立场来看，我，以及我看着我自己，都是自我凝视。在老庄那里，这被称作"见独"。"独"是一个人——自己，自己反观着这个自己，便是"见独"。在儒教中，这被称作"慎独"。这个"慎独"一般都被解释为，当只有自己一个人的时候，举动应当谨慎不苟。但这个词并不是这么平庸、浅薄的意思，而是说自我要随时回看自己的整体，慎重对待，这里头有一种对心性整体的慎重。这也是自我凝视。

这样，"反省""见独""慎独"，三者都是"自我凝视"。然而，这三者和生发出孤独感的自我凝视还是有些许不同。也就是说，生发出孤独感的自我凝视以感情为主，在大多数情况下都伴随有一种寂寥感。与之相对，反省、见独和慎独中的自我凝视，则完全是理智的行为。因此，也可以说，这两者之间有一种感情与理智的差异。

此外，我们本来就有这样一种自我凝视——从而生发出孤独感——的习性。但是在匆忙的世间，却为外物所役，忘掉了这一习性；或者被什么东西所束缚，抹去了这一习性。然而有可能在某些机缘下，偶然间凝视到自己，从而感觉到了孤独。催生出这种感觉的原因有很多种，由此而生发出的孤独感也有很多种，对此进行精密的分析，从而加以说明是相当困难的。这方面的研究恐怕要属于心理学的范畴了吧。

以上是就"孤独感"的意思大致谈了谈。而在中国文学中，这种孤独感是如何表现的，便是接下来我想谈的内容。

第二章　隐　者

关于中国的孤独感，如果要大体按照时代顺序来考量的话，第一个浮现在脑海中的，是所谓"隐者"的心绪。

《孟子·尽心篇上》有言："古之人……穷则独善其身，达则兼济天下。"所谓"达"，指的是机缘顺遂，获得了能实现自己理想的地位；所谓"穷"，指的是虽然心持理想，但是并未能获得能实现这一理想的地位。这种"穷则独善其身"的态度，与"隐者"的态度是有密切联系的。孟子是公元前4世纪左右的人。孟子尚且称其为"古人"，那么可以想见，持有这种态度的人，大概在相当久远之前就已经有了。

此外，这也并不是第一次将"是否获得地位"视作一个问题，"穷则独善其身"的人在此之前一定还有。尧说要以天下相让，许由仅仅是听了这话，都觉得污秽不堪，要在颍川清洗自己的耳朵。周人行事无道，伯夷叔齐兄弟不受其俸禄，酣畅淋漓痛骂一顿之后，隐居于首阳山，采薇而食，终至于饿死。无论许由，还是伯夷叔齐兄弟，都是"穷则独善其身"之人吧。

想要将天下让与许由的尧，历来被视为公元前两千多年的天子。

然而，不仅仅这个时代尚属于半传说的时代，许由这个人本身也难出传说的范畴。伯夷叔齐所在的殷末周初固然是历史上真实的时代，但是关于伯夷叔齐的记录，在何种程度上有可靠性，也是很可疑的。然而，这些故事会从古代传下来，也可以理解为，持有这种态度的人是存在的，因为根基极深的事情会自然而然地以故事的形式存在。

此外，说到"隐者"，一般都会认为是逃避世事，不求仕进之人，也就单单是所谓"弃世之人"罢了。然而，如果严密地考量一下，还有一种隐者。那就是怀抱着理想，同时又隐没不彰之人。这样的人也当被视为隐者。

《庄子·缮性》有言："古之所谓隐士者，非伏其身而弗见也，非闭其言而不出也，非藏其知而不发也，时命大谬也。"换言之，对于那些因为时命不合，从而就这样寄身于世间，虽有言行，却不为世人所认，从而埋没下去的人，庄子也将其称为"隐士"。

此外，对于那些身处一个大道不行的时世中的圣人，庄子说："虽圣人不在山林之中，其德隐矣。隐，故不自隐。"如斯的圣人，庄子也将其称为"隐士"。

这样，庄子认为也有隐士是自任其隐没的。因此，如果要将隐者视为一个问题，这方面也是不能遗忘的。换言之，隐者中，亦分为避世而隐、不避世而隐这两种。

然而这两种隐者中，无论属于哪一种，支撑着隐者生活的，都是其所持有的坚定信念。这样的人将这样的生活视为高尚，他人也会在不知不觉中对这样的人产生敬意。这种氛围随着时间渐渐凝聚起来，

"不事王侯，高尚其事"（《周易·蛊卦·爻辞》）这样的话语也就出来了。用这句话来表达隐者的态度，全无不可。所谓"其事"，便是隐者的职分，便是所谓"道"，所谓"高尚"，是要以崇高的态度去恪守。

如果这种隐者之道渐渐被人以高尚视之，亦能够获得他人的崇敬，那么，那些并不是出于本心，只是徒有其形的隐者，以及只是在时运不济时借以避世的心怀鬼胎之人也会粉墨登场。因为，渴望获得他人的尊崇，大概是人类的本能吧。

不过，这种事情到后世一直都有。南朝宋时期的何尚之，从官位退下后，隐居于方山，写下《退居赋》以明己志。然而不久他就再度出仕，受到袁淑的极度嘲笑。（《南史·何尚之传》）南齐的周颙，隐居于钟山，然而之后应诏出仕，担任海盐县令。孔稚珪写下了《北山移文》，对此加以责难（详参《文选卷四三·北山移文》之吕向注）。

及至宋齐时代，隐者生活已经成了一种时尚。对那些还没怎么想清楚就盲从着去隐居的人，从操守上加以责难稍稍显得严重了。然而，难以否认的是，这些人当中，以隐者生活为手段，从而提高自己声价的不纯动机一定是有的。

时代稍稍延展一点，晋人翟汤，其子翟庄，翟庄之子翟矫，翟矫之子法赐，一家四代均过着隐者生活。像这样的例子也是有的（《晋书·隐逸传》）。这样的隐士可以视为一种世袭的职业。

到了唐代，将隐遁视为出身之方便的人亦不在少数。从《新唐书·卢藏用传》中记载的一段话里，可进行大致的推测。"司马承祯尝召至阙下，将还山。藏用指终南曰：'此中大有嘉处。'承祯徐曰：'以仆视之，仕宦之捷径耳。'"

这种混杂了不纯动机的隐者且放在一边，向着久远的时代追溯，那些怀抱着"道"，却与时世不合的真正的隐者，究竟是怀着怎样的心绪度过每一天的呢？这样的人怀着一种与周围隔绝的感觉，会多多少少感到自己的孤独吗？当然，这不过是我毫无根据、"想来当是如此"的推论罢了，不过这种情况难道就不会有吗？

如果姑且认为这种隐者的孤独感是存在的，那么，在此之后所要谈到的、在文学中表现出来的孤独感，有很大一部分都可以视为以此为源头，生发出来的。

第三章 《诗经》

那么，在文学中表现出来的孤独感，以《诗经》中所见为最早。有说法认为，《诗经》是孔子（公元前 5 世纪）从那个时候流传着的三千多首诗中挑选出三百零五篇，并编纂而成的。其内容大体分为民间所唱之歌，以及庙堂仪式之时的乐章，现在处理的则主要来自前面部分，且举一些例子。

> 角枕粲兮，锦衾烂兮。予美亡此，谁与独旦。
>
> （《诗经·唐风·葛生》）

这是重章复沓的五个章节组合而成的一首诗中的第三个章节。如果根据旧说，这首诗是丧夫之后独守空闺的女子在哀叹其孤独。"美"指的是其丈夫。痛失爱人，或者被迫与爱人别离的女性的愁苦，日后成了中国文学中重要的主题之一，然而在后世，大多数都是男性作家取女性视角而写成的。但这一首诗，是女性歌咏而成的吧。

昔我往矣，杨柳依依。今我来思，雨雪霏霏。

行道迟迟，载渴载饥。我心伤悲，莫知我哀！

（《诗经·小雅·采薇》）

这是一首由六个章节组成的诗歌的最末一章。有说法认为，这是一个被派遣去参加征伐，长年辛劳的男人，他将自己心中的哀叹唱了出来。

心之忧矣，其谁知之？其谁知之，盖亦勿思！

（《诗经·魏风·园有桃》）

有说法认为，这是一位大夫，心忧日益变坏的国势，将自己一个人烦恼的内心歌咏出来。诗由两章组成，各章的后半段，都在重复这四句。

彼有旨酒，又有嘉肴。洽比其邻，昏①姻孔云。念我独兮，忧心殷殷。

（《诗经·小雅·正月》）

有说法认为，这是小人得志后与其亲友纵情欢愉，而"我"则哀叹

———————————

① 通"婚"。

自己的零余不遇。东汉的郑玄则说："此贤者孤特自伤也。"这是由十三个章节组合而成的长篇中的第十二章。

前面所举的各例，都是为周遭所排斥，而且没法向谁诉说，从而歌咏出来的自己的苦恼。在这些例句里，有一些以肉体上的隔绝催生出的苦恼为主，这种情况下精神上的烦闷就要少一些；还有一些则有精神上的烦闷，只不过非常朴素，而且也表现得非常简单。

第四章　屈　原

　　然而，到了公元前 4 世纪的时候，终于有诗人将孤独带给人的强烈苦闷以一种复杂的表现形式歌咏了出来。这便是楚国的屈原。

　　那是在所谓的"战国时代"，秦国怀着吞并天下的野心，从西方逐渐将其势力蔓延开来。秦国最恐惧的便是当时的第二大国楚与齐进行联合。在屈原所生长的楚国，想要抵抗秦国的一派，与想要顺从秦国的一派处于对立形势。前者想要与齐、魏、赵、韩、燕联合，与秦国对抗到底。屈原就属于这一对抗派。[①]

　　屈原与楚怀王同族，投身政治后，最初颇为怀王所信用，之后却遭遇谗言而被放逐。即便被放逐之后，他也思念自己的祖国，屡屡向怀王谏言，却不被采纳，终于被放逐到远离楚国都城郢的洞庭湖一带。在这里，他的烦闷达到了极点，投江自杀了。

　　他身怀儒学修养，但是其理想为怀王所无视；恶党小人却骄纵跋扈，他的心中极为忧愤。由此，他在自己的作品中表述自己为周遭所

---

　　①　林庚：《诗人屈原及其作品研究》，3～4 页，上海，棠棣出版社，1952。

排斥的苦恼，这是《诗经》中完全见不到的、想象力极为丰富的作品。

这些作品中，最具代表性的是《离骚》。"离"即"罹"，也即"遭逢"的意思；"骚"即"忧"。关于这个"离骚"最初的语义，最近有了别的说法，认为这两个字不应当拆开了理解，而应当将两个字合并到一起，视为一个表现"怨恨"之义的楚语①。虽然我很想赞同这一新说，然而可惜的是，相关论证仍然不够充分。

这一点姑且不谈，《离骚》是由大约四百个句子构成的鸿篇巨制，首先讲述自己的出身，接着以在身上挂了种种香草来象征自己坚守修身的信念。接下来，愤恨于其余众人的变节，同时日夜慨叹恶人横行当道，而自己则饱受排斥。在屈原想来，即便是以自己的死来换取楚王幡然醒悟，也算死而无憾。然而楚王为身边的小人所蒙蔽，完全无法觉察到他的苦心。有两个人看到了他一直以来的苦恼，并且向他谏言说这种苦恼是无用的。其中一人是他的姐姐，她忠告屈原道："如果众人皆浊，那么为何不与众人一道。不可能将那么多的人一一说服，重要的是与众人保持步调的一致。"②还有一人则是占卜者，他出于担心，拜访了屈原，并且说："又何必单单眷恋楚国呢？如果在楚国得不到重用，远赴他国也未尝不可啊。"③然而，屈原听不进去这些忠告，

---

① 此说由游国恩（1899—1978）先生提出，详参其于 1926 年出版的《楚辞概论》（北新书局），比较通行的版本可参看中华书局 2008 年出版的《游国恩楚辞论著集》。

② 其原文为："鲧婞直以亡身兮，终然夭乎羽之野。汝何博謇而好修兮，纷独有此姱节。薋菉葹以盈室兮，判独离而不服。众不可户说兮，孰云察余之中情。世并举而好朋兮，夫何茕独而不予听。"

③ 其原文为："两美其必合兮，孰信修而慕之？思九州之博大兮，岂难是其有女？勉远逝而无狐疑兮，孰求美而释女？何所独无芳草兮，尔何怀乎故宇？"

依旧遵从着自己的信仰。于是，他迫不得已试着面见楚国先贤的魂魄，倾诉自己的苦衷。即便如此，这也只不过是让他自己的信念越发坚定罢了，丝毫没能起到让楚王觉醒的效果。不为世道所容的自己的种种苦恼，在这个世界上没有一个人可以倾诉。为了找到可以倾诉的人，屈原上到了天界。乘着云朵飞往天界的时候，雷神、风神等人护佑于他。终于到了天界神仙的居所，却被守门人拦住了。无奈之下，只好折返，回望下界的时候，看到了美人——譬喻贤王——在那里。他向她们提出婚约，然而她们或是已有婚约在先，或是品性不佳。诗人就是这样，走到哪里都不能得到赏识。过去也曾有这样不能为世所容而选择了死亡之人。在诗人想来，自己也只能追随他们的足迹了。

这便是《离骚》的内容梗概。贯穿在这部作品中的是一种信念，要坚守自己所秉持的正义感。因为不能与邪恶之人相调和，从而产生苦恼的感情也随处可见。这里且挑选出两三处将这种苦恼浓墨重彩地表现出来的地方。

固时俗之工巧兮，偭规矩而改错。

背绳墨以追曲兮，竞周容以为度。

当世之人，明明圆规和矩尺就在眼前，却弃置不用，任意地描画圆形和方形；不遵循墨线标示出来的笔直线条，却特意要画曲线。这是自作聪明，从而向他人谄媚奉承，然而这种阿谀之态却成了理所当然的规则。

屈原没法做到像众人那般，为了迎合世事而扭曲道理，但是屈原却又不得不和这样的人共处于一个人世间，这让他完全陷入了孤独之中。由此，他继续唱道：

忳郁邑余侘傺兮，吾独穷困乎此时也。
宁溘死以流亡兮，余不忍为此态也。

屈原已经意识到自己行进的方向被完全堵上了。然而，即便付出身家性命的代价，屈原也不愿做出他人那般的行径。在这一点上，他有着坚强的信念。紧随其后的是：

鸷鸟之不群兮，自前世而固然。
何方圜之能周兮，夫孰异道而相安。

鸷鸟乃是猛禽，自古以来就不合于群，而是自己一羽单飞。这是其天性使然。严守正道之人，往往也是孤身一人。这种现象与鸷鸟正相符合。无论是古时候因劝谏商纣王而被杀的比干，还是为殷尽节最终饿死的伯夷，均是如此。这样想给孤独的自己带来一些安慰。

前面所引的十二句，是承续着一句句歌咏出来的。屈原所感受到的苦恼，变换着形式，充斥在长篇诗作《离骚》的各个地方。于是在《离骚》的最后，就以这样的五句宣告结尾。

已矣哉!

国无人莫我知兮,又何怀乎故都?

既莫足与为美政兮,吾将从彭咸之所居。

彭咸是殷代的贤大夫。传说他向国君几番谏言,却不被听取,最终因为悲痛而投水自尽。屈原也是楚国的大夫,谏言于楚王,也不为所听。因为境遇相似,屈原似乎对彭咸抱有亲切感,在其作品中屡屡提及此人之名。最后的所谓"吾将从彭咸之所居",表明屈原已经不堪这种孤独,做好了自杀的心理准备。

就这样,屈原在接连的哀叹中,最后表示出了自杀的意念。在《离骚》中,与这种哀叹相始终的,是屈原无论在多么不受认可的境遇下,都坚信着天道的公平。

皇天无私阿兮,览民德焉错辅。

夫维圣哲以茂行兮,苟得用此下土。

皇天所爱,绝不仅仅是某个特定的人。皇天始终在寻觅世间的有德之人,并且拥立他。因此,圣哲之人,行事正派之人,终究会被锻造出来,实现天下的大治。

这四句表现的是屈原的信念和理想。尤其需要注意的是"皇天无私阿兮,览民德焉错辅"这两句。可以说,这和《左传》所引《周书》中的"皇天无亲,惟德是辅"之句(僖公五年),或是《老子》中的"天道无亲,常与善人"（第七十九章）是相同的思想。屈原如今将这样的意思放到自己的作品中歌咏，是想通过倾吐这种信念来宽慰自己。

总体来说，这种"天道与善"的思想，从非常古老的时候就有了。然而，在现实的人世间，却并非总是这样。正义之人为世所不容，与之相反，邪恶之人却屡屡成功。坚守正道的国家未能振兴，毫无道义可言的国家却繁荣起来，这样的事情总是存在的。针对这一点，日后西汉的司马迁也曾在《史记》中说道："傥所谓天道，是邪非邪？"伯夷叔齐两人，是殷的旧臣，因为殷为周所覆灭，所以他们二人"不食周粟"，在首阳山上采薇而食，就这样最终饿死。司马迁眼见着像伯夷叔齐这样的善人也会遭逢这般的不幸，因此虽然有"天道无亲，常与善人"这样的说法，他却抛出了"傥所谓天道，是邪非邪？"的巨大疑问。这只是其中的一面，在另一面，司马迁可能也在其中寄托着对自己身世不幸的悲凉哀叹吧。

那么，屈原最后自杀告终的直接动机，也有可能是因为自己一直以来所坚信的皇天竟从来都不站在正义这边，这让他感到了绝望。西汉东方朔有《七谏》篇，如是推测屈原的内心世界。

独冤抑而无极兮，伤精神而寿夭。

皇天既不纯命兮，余生终无所依。

愿自沉于江流兮，绝横流而径逝。

宁为江海之泥涂兮，安能久见此浊世？

或许这种说法完全说中了屈原自杀的动机吧。如果是这样的话，那屈原也怀有了"傥所谓天道，是邪非邪？"的强烈疑问吧。只不过，这一点在他的作品中并没有表现出来。

　　屈原虽然始终坚信着天，但在现实中，却也一直怀着孤独带来的苦闷。将这一点描写地更清楚的是他的作品《九章》中的《悲回风》和《远游》两篇。从《悲回风》和《远游》中，我们依次摘出数句。

　　　　惟佳人之独怀兮，折芳椒以自处。
　　　　曾歔欷之嗟嗟兮，独隐伏而思虑。

　　"佳人"是屈原自喻（据朱注①）。"芳椒"是香气馥郁的椒木。屈原的作品中，通过描述在身上佩戴香草和香木来譬喻保持内心的洁白的例子非常多见。这种哀叹更进一步则有：

　　　　涕泣交而凄凄兮，思不眠以至曙。
　　　　终长夜之曼曼兮，掩此哀而不去。

　　以上便是《九章》中《悲回风》中的选文，其中可见一种强烈孤独之苦闷。同样的苦闷也表现在《远游》中，这便是：

---

　　① 即朱熹所著《楚辞集注》。此句之前，有"惟佳人之永都兮"之句，朱熹注曰："佳人，原自谓也。都，美也。"

遭沉浊而污秽兮，独郁结其谁语！

夜耿耿而不寐兮，魂茕茕而至曙。

惟天地之无穷兮，哀人生之长勤。

往者余弗及兮，来者吾不闻。

大意是：自己饱受谗言，愤懑到难以忍受。郁结于心，又能向谁倾诉呢？到了夜晚也焦躁难安，不能入睡，灵魂孤零零地直至天明。天地悠悠，人就是在这当中汲汲营营，最后走到终点，这真是可悲。相较于过去的时代，我是迟了，而未来的时代，我也无缘看见了。无论怎么看，都是孤独的自己。在《九章》的《悲回风》和《远游》两篇中，这种意味在表现的形式上得到了充分渲染。

此外还有一篇名为《渔父》的作品。这篇作品虽然一直被认为是屈原所作，但是根据种种特征来看，应当是后人为哀悼屈原而作的诗篇。

这篇《渔父》中，仿如隐者的一位渔父和屈原相互谈论人生观，这几乎完全是以问答形式完成的作品，虽是短篇，但却犹如戏曲一般有趣。屈原的一生，就是一场大悲剧，然而如果将这一篇单独抽出，以现代戏剧的形式加以演绎，将会有非常隽永的意味吧。

渔父认为与周遭调和才是至上的生存之道，责难了屈原"深思高举"的态度。与之相对，屈原则力陈"举世皆浊""众人皆醉"的人世间，唯有自己才是清白的、才是清醒的，如果要与众人妥协，还不如一死了之。屈原说：

吾闻之，

新沐者必弹冠，

新浴者必振衣。

安能以身之察察，

受物之汶汶者乎？

宁赴湘流，

葬于江鱼之腹中。

安能以皓皓之白，

而蒙世俗之尘埃乎？

这种言辞，与《荀子·不苟篇》有关联。《荀子》有言："故新浴者振其衣，新沐者弹其冠，人之情也。其谁能以己之瀌瀌，受人之掝掝者哉！"《渔父》一篇，恐怕就是本于《荀子》之文吧。不过，基于这样的言辞，屈原清白孤高的态度也是展露无遗。晚唐诗人汪遵在一首以"渔父"为题的诗中写道："灵均说尽孤高事，全与逍遥意不同。"①汪遵想到了这篇旧题为屈原所作的《渔父》篇，才歌咏出这一句的吧。诗中所说的"灵均"正是屈原的字。

一直到了之后的 5 世纪，南朝宋的谢惠连著有《雪赋》，谢庄著有《月赋》。前者是假设梁孝王让司马相如、邹阳、枚乘为雪景作赋；后者是假设陈思王让王粲为月夜之景作赋。这两篇赋的写法，都是搬出

---

① 汪遵原诗名为《咏渔父》。

过去历史上真实存在的人物，并站在这些人物自身的立场上来创作的。由此，清代崔述认为，这篇《渔父》和《雪赋》《月赋》乃是同一性质的作品，绝非屈原自作（见《考古续说·卷一》）。这篇作品虽然并不是出自屈原之手，但毫无疑问的是，再晚也晚不到东汉，而且它准确捕捉到了屈原在生活态度上的特点，在这一点上，这篇作品是必须留意的资料。

如上所述，屈原的作品中表现的，是因为不能与周遭进行调和而生发出的孤独的苦闷。这种不能与周围进行调和，并不是说因为自己占有了某种地位才要去追求某些东西，而是自己所坚守的正义不能为周遭所容。对这种正义坚守的信念越强烈，由此而来的痛苦也就越大，这也是人之常情。在屈原的作品中，这种将架空的想象之翼恣意展开的情况非常多见，同时，将相同的意思用不同的表现方式反复言说的情况也很多见。将这种写作手法的根源仅仅理解为南方人的性格特征就未免太过简单了。正是因为这种苦恼非常之巨，如果不采用这种表现方式就不足以将这种苦恼表达出来，这么讲，或许才更为恰当。

在屈原的作品中，这种孤独的苦恼得到了很充分的表现。不过，如果诗人反观孤独的自己，由此更生出一层对自己的悲伤，更生出一层对自己的哀痛，这种情感在屈原这里还没有表现过。这种反观孤独的自己，自己哀怜自己的心绪，要到了接下来的宋玉的作品中才能见到。

第五章　宋　玉

宋玉与屈原是同时代的人，又稍稍算得上晚辈。至于他是不是屈原的弟子，则不太明确。我们且先引用他在作品《九辩》中的几句诗吧。

> 廓落兮，羁旅而无友生，
> 惆怅兮，而私自怜。

（《九辩·其一》）

这是在哀怜漂泊之旅中那失意的自己。

> 靓杪秋之遥夜兮，心缭悢而有哀。
> 春秋逴逴而日高兮，然惆怅而自悲。

（《九辩·其七》）

这是为岁月蹉跎，志向却未能达成的自己感到悲哀。

在引用的这几句诗中，我想要关注的是"自怜"和"自悲"这种表现方式。

原本，"自"这个字，就是"自己为自己做什么事"的意思，如果想一想"自杀""自修"之类的用法就能很清楚地知道了。换言之，"自杀"是"自己将自己杀掉"的意思，"自修"是"自己锻造自己的修为"的意思。如果是这样的话，那么，"自怜"和"自悲"之类的说法，就肯定是"自己怜爱自己""自己为自己感到悲哀"了。

如果是这样的话，那么在前文中所列举的两种表达方式，前一句就是自己哀怜那个在羁旅之中怅然若失的自己的意思，后一句则是自己对那个因为空度时光而苦恼的自己感到悲哀的意思。除此之外，别无他解。"惆怅兮，而私自怜"之下，东汉王逸有注"窃内念己，自悯伤也"，恐怕也是按这种解释来理解的吧。

这种自己可怜孤独的自己，自己为孤独的自己感到悲哀，如果换一种说法，其实就是第二个"我"明确地意识到第一个"我"，并且为之感到深切的哀怜和悲伤。如果到了这样一种心理状态，那么就是用具象将孤独的自己进一步捕捉到了，从而加深了这当中的孤独感。

《九辩》中，再引用两句吧。

皇天淫溢而秋霖兮，后土何时而得干。
块独守此无泽兮，仰浮云而永叹。

（《九辩·其四》）

因为不能得到承认，自己心绪郁结，作者以秋日霖雨的沉郁为象征，将这种心绪歌咏了出来。所谓"无泽"，便是没有得到君主的恩宠。

在这里需要注意的是所谓"块独"的表达。本来，这里或许不应该拆开来理解为"以块的姿态独立"，而应当将"块独"作为一个整体的词来解读。然而不管怎么理解，在意思上并没有太大的差别，现在就依据《楚辞·七谏》的"块兮鞠"之下，以及《楚辞·哀时命》的"块独"之下所能见到的王逸的注释，加以训读。

不管怎么讲，这个"块"都是用来形容一个人无所事事的样子。关于这一类的形容方式，如果结合别的用例来考量一下，至少存在着两个区别。

其中之一便是，什么也不做，就这样默默地，一个人。例如，《荀子·君道》有言："故天子不视而见，不听而聪，不虑而知，不动而功，块然独坐，而天下从之如一体，如四支①之从心。"久保爱的《荀子增注》②中，就将这里的"块然"注释为"无为之貌"。

与之相对，还有一种则是什么都心不在焉，就这样一个人发呆的样子。例如，魏的曹植在《求通亲亲表》中有言："每四节之会，块然独处，左右惟仆隶，所对惟妻子。"不过，这个例子在时代上偏后了。

同一个词语"块然"，却能在两种意思之间生出这么大的差异。一方面是因为这个词语本身就存在意思上的差异，另一方面也是因为在一开始虽然没有明显区分开，但因为使用这个词的人而产生了相应的

---

① "支"通"肢"。
② 久保爱(1759—1835)，日本江户时代的儒学家，著有《荀子增注》，于1825年刊行。

差异。总而言之，我们能体会到这当中的差异。那么，再来看我们现在要处理的，宋玉的这句"块独守此无泽兮"，很明显，它形容的是什么都心不在焉，就这么一个人发呆的样子。

如果这样理解的话，那么这一句所描述的就是：一边怀有郁结于心的不遇之叹，一边在客观地描绘着一个呆坐着的自己。不妨说，这当中所表现的心绪就是自己在痛苦地眺望着那个孤独的自己。

如前所述，将宋玉的作品中的"自怜""自悲""块独"等词语抽绎出来，就是自己在有意识地眺望着孤独的自己。这种倾向已经在《诗经·小雅·正月》中见到了，在屈原的作品中也有庶几近之的感觉，但是这种表现形式，以及这种意识，都不如宋玉的作品这般明了。

在这里，如果一定要用学术语言来讲清楚屈原的孤独感和前述宋玉的孤独感之间的差异的话，那就应当是，屈原虽然已经意识到了自己是孤零零的一个人，但是还没有意识到可以对这样的自己进行客观化的观察。与之相对，宋玉意识到了自己的孤独，同时和自己拉开了距离，并更进一步地客观化。在这一点上，唯有宋玉才有了明确的意识。自此以后，汉代作者屡屡使用宋玉的这种表现方法。

然而，为什么宋玉的复杂感会演进到这般复杂的地步呢。在这方面可以有两种思考路径。根据王逸为《九辩》所作的序，《九辩》是宋玉因为怜悯屈原，站在屈原的立场上所作的。如果真是这样的话，那宋玉就有充足的余裕可以推测屈原的内心，从而站在第三者的立场上细密地观察屈原，这样一来就可以生发出这种细腻的感情。这是一种思考路径。

还有一种思考路径是，宋玉也是楚国的大夫，他势必和屈原一样，对于可悲的楚国国情了如指掌。然而与屈原积极的性格相比，宋玉的性格则消极得多。《史记》中说他"莫敢直谏"，据此不难推测。正是因为他的消极，不能遵从自己所信仰的东西而行动，故而这种忧愁会进一步向内郁结，由此而产生的结果就是生发出了这种细腻的感情。

此外，《九辩》的九个章节中，处处可见对秋日寂寥的描写，这表现的是孤独者的内心世界。"悲哉秋之为气也，萧瑟兮，草木摇落而变衰。"在第一节中尤为显著。将秋天等同于悲凉之物，大概就是从《九辩》开始的吧。如果要考察文学中季节感和自然描写的发展历程，《九辩》是格外重要的资料。

第六章　项　羽

汉代的各位作者，如果面临着一种无可解脱的孤独，那么，在哀怜自己的同时，也会想要在自己以外的事物中寻求一些方法，从这种苦恼中解脱出来。在文学作品中，这会表现为两种倾向。第一种是躲避俗世，隐遁山林。在深山中，有些人访求仙人，有些人则亲近自然。被传为西汉（公元前2世纪—公元1世纪）贾谊所作的《惜誓》、东方朔所作的《七谏》以及东汉（1—2世纪）王逸所作的《九思》等作品中，这一倾向不难见到。而且，在这类作品中，能见到许多日后的自然文学的要素，不过在这里，且不对这一倾向进行深究。另一种倾向则是倚重于"天"或者"时"之类的东西，在这里，且讲一讲关于这一倾向的大致情况。

事情的发展不能如自己所想，那么就将此归结于"天""时"之类的东西，借此进行自我安慰，或者自我放弃。这种方法在汉代变得明显起来。本来，将自己的不遇同"天"联系起来考虑，已经在《诗经》的一些作品中有所体现了，如：

已焉哉，

天实为之，

谓之何哉！

（《邶风·北门》）

　　根据旧说，这首名为《北门》的诗，歌咏的是不能得志的忠臣的烦恼。前引三句，是这首诗各个章节的结尾部分。它所表现的是，苦恼到了最后，诗人认为自己的不遇是天的过失，因此是无可奈何的。然而在我想来，这个句子主要还是哀叹无可奈何之情，因为无可奈何就要放弃的心绪是很单薄的。当然，这种哀叹还是仿佛满怀着一种想要向天倾诉的心绪。

　　此外，将自己的不遇同"时"联系起来考虑，在前引屈原和宋玉的作品中也已经能见到了。不过，这些诗句也主要是以哀叹"时"的错失为主，因为这一错失就要放弃的心绪并不明显。

　　可是，到了秦末汉初的时候，自己对自己讲"时"和"天"也有责任，从而发出哀叹的行为，就变为因为"时"与"天"之不利，想要放弃的心绪。这方面的例子，可以参见项羽的诗。

力拔山兮气盖世，

时不利兮骓不逝。

骓不逝兮可奈何，

虞兮虞兮奈若何。

（《史记·项羽本纪》）

项羽在垓下这个地方被追上，为汉军所包围。他听见了汉军在唱楚歌，大感吃惊，更产生了一种楚人也站到了刘邦一方的错觉。既然败到这个地步，不如就放弃了吧。所谓"四面楚歌"，正是从此而来。据说，就是在这个被逼到走投无路的时刻，他自己创作了这首诗，并且唱了起来。不过，根据昭和三十二年（1957 年）三月刊行的水泽利忠所作的《史记会注考证校补》可知，"时不利兮骓不逝"这一句，有古本析为两句，写作"时不利兮威势废兮，威势废兮骓不逝"。无论从意思上还是从形式上看，古本的这一写法都更近于古人创作的原貌，不仅如此，就我们目前谈论的问题而言，古本的写法也更相宜。

"骓"指的是项羽的爱马，"虞"则是项羽爱姬的名字。这首诗所歌唱的是项羽对虞姬不能割舍的眷恋之情，在这里我们要谈的则是"时不利"的问题。

所谓"时不利"，指的是"时"没能站在自己这一边。在项羽看来，这就成了"威势废"的原因，换言之，也是他军队溃败的原因。也可以说，这就是将失败的责任归结到了"时"上。至于为什么在那个关头，项羽衍生了那样的想法，应该是他在陷入进退两难的境地后，感觉到了一种难以承受的、孤家寡人的况味，而这种把责任归结于"时"的思维方式，至少可以让他为自己辩解称，除了放弃也再无他法了。

对这位有着如"力拔山兮气盖世"一般强烈自信的项羽而言，将军事失利和"时"以这种方式联系起来考虑，或许还是头一遭。但是，作为一种对苦恼的处理方法，这却是个显著的例子，足以揭示出时代的变迁。像这样，对自己不利的事，统统归结为"时""天"之类的思维方式，最终又衍生出了一种想法，即不能对"时""天"之类的抱有信任。关于这一点，后面还会再谈及。

此外，我还想附带谈一谈的是，项羽的"时"和屈原、宋玉等人的"时"究竟是不是同一个概念。屈原和宋玉的"时"，似乎指的是像"时代""时世"之类的现世时间。而项羽的"时"，总觉得该解释为"时运"，表示的是超现世的理法。在这一点上，它和我想在后面谈到的"天"非常相似。只是，相关的用例无论如何还是太少，很难予以确证。

再者，昭和二十九年（1954年）十月刊行的《中国文学报》（中国文学报）第一册中，吉川幸次郎博士有一篇非常详细的论文《关于项羽的垓下歌》（項籍の垓下歌について），请诸位读者参看。

在项羽的诗歌中能见到的这种思维方式，在他的言语中也有所体现。不过，他的话记录在《史记·项羽本纪》的叙事之中，就资料的性质而言是间接资料，尽管如此，还是值得在这里列举一下。

> 吾起兵至今八岁矣，身七十余战，所当者破，所击者服，未
> 尝败北，遂霸有天下。然今卒困于此，此天之亡我，非战之罪也。
> 今日固决死，愿为诸君快战，必三胜之，为诸君溃围，斩将，刘
> 旗，令诸君知天亡我，非战之罪也。

刚刚从垓下的包围中逃脱出来，又被汉军追上的时候，项羽向自己的部下说了以上这番话。项羽简直可谓是傲慢，他的自信在于，军事失利的责任都要归结于"天"。

果然像他讲出的傲慢之语一样，他成功地冲破了追击军队的包围，接着逃亡。乌江这个地方的亭长向他谏言："赶紧向江东去吧，在那里举旗重来。"项羽一边笑着，一边回答："天之亡我，我何渡为！且籍与江东子弟八千人渡江而西，今无一人还，纵江东父兄怜而王我，我何面目见之？纵彼不言，籍独不愧于心乎？"

在这里，项羽还是将失败的责任归结于"天"。他就像这样反复说着"天之亡我"一类的话，这和前面的"时不利兮"是同一种思维方式。项羽也是楚人，他如此这般地谈论"时""天"之类的东西，或许同屈原、宋玉等人关于"时"的思维方式有着某种关联吧。不过，屈原、宋玉只是因为"时"的错失而生发哀叹，而且这个"时"在感觉上更像是时间的意思。与此相对，项羽则是因为"时"的责任而想要放弃，而且这个"时"在我想来更像是一种理法层面的东西。正如我在前面已经谈到的那样，这两者在思维方式上存在差异。

项羽兵败而死，是在公元前 202 年。后来，刘邦坐上了皇帝的位子，西汉由此延续了两百年左右。西汉末，王莽建立了"新朝"，十来年之后进入东汉，由此又延续了两百年左右。在西汉、东汉合计四百年左右的时间里，文学作品中的孤独感又得到了一种什么样的呈现呢？

第七章　汉代的诸位作家

汉代的文学，受到了屈原、宋玉等人的作品——也就是所谓"楚辞"——的巨大影响。现在，倘若去搜罗汉代文学中表现了孤独感的作品，其中大部分都要从楚辞文学的直系后裔中挑选出来。这当中又主要分为两种：一种是以追缅屈原为名，寄寓作者自身感怀的作品；还有一种是作者径直感叹自身不遇的作品。前者以王逸所注《楚辞》中辑录的汉人作品为代表，后者以《文选》中的赋部志类以及设论部所编选的汉人作品为代表。

垂怜、哀悯一个孤独的自我，这种感情，已经在宋玉的作品中表现出来了。而且，这种孤独的寂寥感通过对秋日季节感的描写表现出来了。关于这两点，前文已经谈过了。而这些汉代作者追缅屈原，同时又寄寓自身感怀的作品，大体上都承袭了宋玉的这种文风。不过，在这些作品当中，有两点需要注意。第一点关乎其内容，第二点则关乎其表现的方式。首先我们谈谈内容的部分。

宋玉已经认识到，自我是一个人的自我。但对汉代的作者而言，虽然也凝视着自我，但却产生了一种感觉，这样的自我被分解为了一个个的部分。例如，西汉的东方朔就说：

> 哀形体之离解兮，神罔两而无舍。

（《七谏·哀命》）

"离解"一词，取其字面意思，分崩离析，凌乱散落。这两句表现的是，自己已经感觉到了，肉体与精神将分离，而且肉体将会崩裂为散乱的四肢五体。怀着这种忧愁而远行的我，感到疲劳之极。

几乎完全相同的是西汉刘向所言：

> 肠愤悁而含怒兮，志迁蹇而左倾。
> 心悦慌其不我与兮，躬速速其不吾亲。

（《九叹·逢纷》）

上引四句中不难见到，孤身一人的自己已经有了"肠""志""心""躬"①的分崩离析的感觉。"志"指的是志向、理想，乃至抱负。"心"指的是一般意义上的精神。所谓"左倾"，指的是志气衰竭的样子，和今天的"左倾"并非一回事。后面的两句所传达的感觉是，我虽然还有心，也还有躬，但"我"已经不成其为一个"我"了。这种焦躁难安的感觉，以及强烈而持久的苦恼已经快要到极限了。

---

① "躬"指躯体。

像这样，对自己采取一种分析的方法进行感知，较之原来的，对一个混沌的自我进行凝视又更深入了一步。本来，这种自我分析已经可以在庄子那里屡屡见到了，这也是"坐忘"(《庄子·大宗师》)的一种。然而，对庄子而言，那是在理智的范畴内进行考量，而这里则是在感情的范畴内反复体认。

　　接下来再谈谈汉代作品中关于表现方法需要注意的地方，这当中又分为两点。其第一点便是，一些具体的自然描写已经出现了。在西汉刘向的作品中能见到显著的例子。

> 陵魁堆以蔽视兮，云冥冥而暗前。
> 山峻高以无垠兮，遂曾闳而迫身。

　　这是因为身遭流放而顾影自怜的自己在这漂泊的路途中所见到的景色，无论山陵也好，云也好，山也好，都能徒增自己心中的郁结。尤其是，那种一望无垠的高山，更让人感觉到身上有了沉甸甸的负担。山陵是非常高耸的吧。"魁堆"是以蹲坐一般的姿态高高耸立的。"曾闳"则是高耸到不可测的。其写景部分则更进一步：

> 雪雰雰而薄木兮，云霏霏而陨集。
> 阜隘狭而幽险兮，石嵾嵯以翳日。

> (《九叹·远逝》)

雪、云之类像是拍打着自己的身体，关隘狭窄而危险，岩石高高低低地并立，将太阳都遮盖住了。忧愁之上更添了一种苦寒。

以刘向所作的《九叹》为首，这类的描写开始在汉代的作品中出现了。这并不是对眼前实景的描写，更不是想要描绘自然景致美丽的一面。山中的风景——重叠而成，作者由此想要将自己孤独的苦闷更进一步地表现出来。虽然宋玉利用了秋日的季节感，但到了汉代，这种对自然景色的利用才表现出来。这是在表现方式上必须注意的第一点。

必须注意的第二点是，对这个孤独的自己，更为具体的描绘也呈现出来了。例如：

> 颜黴黧以沮败兮，
> 精越裂而衰耄。

（《九叹·逢纷》）

这是对一个孤独的自我在面貌和精神上的客观描述。有着这样一幅面貌和这样一种精神的我在旅途中究竟是怎样的姿态呢？

> 裳襜襜而含风兮，
> 衣纳纳而掩露。

（《九叹·逢纷》）

这就是一幅苦于风露，同时又步履蹒跚的悲惨面貌。

此外，也有人将自己的身姿和自己的影子放到了一起写。

> 廓抱景而独倚兮，
> 超永思乎故乡。

（严忌《哀时命》）

"景"即影子。这里写的是，在命运急剧变化之际，孤身一人怀抱着自己的影子，苦恼着不知道该怎么办才好。这里所谓的"抱景"，可以说传递出了一种自己哀怜自己的孤独的心绪。换言之，是第二个自我在凝视着第一个自我及其影子。这一句正是这样一种凝视之时对自我身姿的客观描绘。

那么，人究竟是什么时候最早注意到自己的影子的呢？这是个很有趣的问题。在《庄子》那里，记载着影和魍魉的问答（《庄子·齐物论·寓言篇》）。此外，还有一个故事，说有个胆小之人，忍受不了自己的影子总和自己的脚分不开，因此想要躲掉自己的影子，竭尽全力奔走，以至于力竭而死①（《庄子·渔父篇》）。像这样在文献中能够见到的"影子"，是非常古老的。然而即便如此，这些都只不过是譬喻罢了。

由此而来，站在道德的立场上所使用的"影"同样非常古老，有"君子独立不惭于影，独寝不惭于魂"（《晏子春秋·外篇·不合经术者》）、

---

① 其原文为："人有畏影恶迹而去之走者，举足愈数而迹愈多，走愈疾而影不离身，自以为尚迟，疾走不休，绝力而死。"

"圣人不惭于影，君子慎其独也"（《文子·精诚篇》）之类的例子。然而，这和现在我们所处理的文学上的用例，在性质上并不相同。换言之，作为道德用例的"影"，是自己良心的投影，有一种冷酷严峻的监视者的性质；而作为文学用例的"影"，则是自己感情的投影，有一种温柔的同伴者的性质。总而言之，从文学角度出来，为了表现一己之心情而用"影"的例子，应当以前引严忌的作品为最早吧。严忌是西汉初期的人。

之后，在东汉末年的蔡琰的作品中，"影"就完全成了一种描写孤独寂寞的东西了。

蔡琰是东汉学者蔡邕的女儿。战乱中被掳到匈奴之地，在那里被强索婚约，滞留了十二年，其间，还生下了两个儿子。最后，曹操惋惜一代学者就此绝后，赠匈奴以重金，才将暌违十余年的蔡琰迎回来了，将其嫁给了董祀。

蔡琰将自己为匈奴所掳、一路遭逢的苦难，在当地度过的不愉快生活，重归中土时和两儿作别所引发出的痛楚，归来之后又生出的孤独寂寞，一并纳入了自己的长篇作品《悲愤诗》中进行歌咏。她歌吟自己和两儿作别时的痛楚，以及归来之后的孤独寂寞的部分，最能打动读者的心。

> 天属缀人心，念别无会期。
> 存亡永乖隔，不忍与之辞。
> 儿前抱我颈，问母欲何之？
> 人言母当去，岂复有还时？

> 阿母常仁恻，今何更不慈？
> 我尚未成人，奈何不顾思？

所引第四句中的"之"指的是她的儿子。第六句中有一个"问"字，从"人言母当去"到第十二句中的"奈何不顾思"都是问的内容。这七句，都是在写小孩问的问题。诗歌接下来是：

> 见此崩五内，恍惚生狂痴。
> 号泣手抚摩，当发复回疑。

"五内"便是五脏，也即肝、心、脾、肺、肾。这四句写的是我（母亲）的狂态。

亲生的儿子，却远在匈奴之地，从而与自己永久分离。在这般场景之下，母亲的心里充斥的是完全癫狂状态下的悲哀。蔡琰所写，完全就是悲哀本身，而不是带着余裕再去回味自己的悲哀。然而在没有余裕的情况下是无法产生文学的。因此，前引十六个句子无疑是和儿子离别后重归故土时又重新想起那一幕才写下的。在回忆的世界中，她又活生生地听到了孩子的声音，看到了自己的癫狂之态。自己既闻此声，又见此景，由此感受到了自己所生发出来的那种孤独。诗歌中还歌咏了归来后的情景。

> 既至家人尽，又复无中外。

城郭为山林，庭宇生荆艾。

白骨不知谁，纵横莫覆盖。

出门无人声，豺狼号且吠。

茕茕对孤景，怛咤糜肝肺。

登高远眺望，魂神忽飞逝。

这里的"孤景"，是一个母亲听着那渐渐消散的孩子的声音，眺望着他们远方身姿的孤独投影。

前述严忌和蔡琰的作品中所能见到的"景"，以及大体是同义词的"影"，在日后晋代陶渊明的作品中屡屡出现。如果将时间一直往后延，在松尾芭蕉的句子中也出现过。

接下来要谈论的是，在汉代作品中，作者是怎么思考孤独感和"时""天"的关系的。大体说来，我们可以认为，在西汉的作品中，有一种倾向，这种倾向是将责任转嫁给"时"和"天"，而不是要自寻孤独。例如，东方朔在《答客难》中说"彼一时也，此一时也"。他明确表明了，得志抑或不得志，都取决于时世。那么活在今天的处士，即便修身，倘若不见用于当时，"块然无徒，廓然独居"，未能受知遇于时世，也要"固其宜也"。因为《答客难》是带点滑稽意味的作品，因此，这句话有可能只是硬逞能罢了。不过就算如此，从这里也能看出他思想的一个面向。

此外，严忌在《哀时命》中说："哀时命之不及古人兮。"这里的"时命"究竟该当如何解释，固然是个问题，然而从这一句的表达方式来看，确实有一种风气将责任归于"时命"。刘向在《九叹》中说，"欲容与以竢时兮"，也是一样的道理。

然而，这些和前面已经谈过的宋玉将根源归咎于"时世"，从而发出哀叹的态度相比，并没有什么特别往前推进的意味。相较于此，还有一层观念值得我们注意，那就是东方朔在下面的作品中所表现出来的思考方式。

> 哀人事之不幸兮，
> 属天命而委之咸池。

（《七谏·自悲》）

根据旧注，"咸池"是天神的名字。这两句的意思是，哀叹自己的不幸，独自一人苦恼，然而这是靠自己的力量无论如何也解决不了的，故而一切都委任于天，交付给天神。这一句所表现的，不过就是将今日的不幸认作天命，因此是一种没有办法且想要放弃的心绪。但他接下来说：

> 自古而固然兮，
> 吾又何怨乎今之人。

（《七谏·乱曰》）

所谓"何怨乎今之人"的意思是，忠臣却遭逢不遇的例子自古皆然，因此不用抱怨只有今天的人（换言之就是自己）才有不遇。这也是表现一种委诸天命、自暴自弃的心绪。

如果这样想的话，那么"天命"就可以视为自暴自弃的缘由所在。这和前面谈及项羽时所说的"时"也好，"天"也好，都是相通的。

不过话说回来，将责任都转嫁给"时"，或者"天命"，从而想要自我放弃，也是因为没法和"时""天命"抗衡到底，这是对自我能力极限的一种自觉。这样一来，他们认为无论自己多么恪守正道，也注定遭逢不遇，因为没能遇上"时"，或者自己不是"时"和"天命"青睐的对象。如果认识到这是靠自己的能力无论如何也解决不了的难题时，那么面对不遇，除了自我放弃之外确实也没有其他路可走了吧。

只要"时"和"天命"无法超越，那么在不遇"时"，或者不受"时"和"天命"的青睐时，想要放弃的心，就应当变为一颗什么也不做，静候"时"和"天命"好转的心。在后世，南朝宋时期的鲍照，在《拟行路难》的最末一首，有一句"对酒叙长篇，穷途运命委皇天"，似乎是想要放弃了；但就在这一句的前面，还有一句"莫言草木委冬雪，会应苏息遇阳春"，不难见到，他也怀有一颗等待春天复归的心。这一点虽然明了了，但似乎也不妨说，鲍照将这种自暴自弃的心理表现到了极致。

就像这样，放弃的心，也是一颗什么都不做、任其自然的心。"时"也好，"天命"也好，就这么等着就行了，像是一笔订单，终究会来。然而，人的寿命是有限的，没法无限期地等下去。刘向故而才会生发出"欲容与以娱时兮，惧年岁之既晏"（《九叹·怨思》）之叹。由此一来，倘若想要强撑着与"时"相遇，或者强撑着让"天命"好转的话，就势必要克制自己，迎合时代。除此之外，似乎也别无他法。不过，能够心平气和地做到这件事的人暂且不论，那些不能忍受这一点的人又该如何是好呢？

到目前为止，如果有人想要追求"时"和"天命"之外的事物，似乎还不可能。

如果这样想的话，那么从西汉末年到东汉的作品中，一股强调应当不趋于"时"，坚信自我、坚守自我的风潮就绝非偶然而来。例如，扬雄的《解嘲》、班固的《答宾戏》和《通幽赋》、张衡的《思玄赋》等作品就颇能见此倾向。

倚重于一种应当所坚守的道义，这其实和超俗隐遁的思想是相通的。从西汉末期到东汉，认为存在这种值得坚守道义的人，想要留下的不是一时的名声，而是永久的美名，只是还没能将这个交付给"化"。完全安心地托付于"化"，这种思想境地到了晋代才第一次出现。

此外，屈原、宋玉都为因为严守正道而不能见容于周遭的自己感到悲哀。这种悲哀，如果按照东方朔的说法，是"苦众人之难信"（《七谏》），如果按照今天的说法，如果稍稍夸大一点讲，庶几近乎一种"无法信任别人"的悲哀。为了能够忍受这种悲哀，宋玉以后就出现了一种思考方式，将什么都认作"时"和"天命"的责任，尤其对东汉的作者而言，甚至到了认为"时"和"天命"都绝不可能青睐自己的地步。东汉作者们的这种思考方式，如果套用前面"无法信任别人"的结果，夸大一点讲，就是"无法信任时运"以及"无法信任命运"。东汉的作者们，由这种思考方式出发，更进一步，变得只能依靠于"自己所坚守的道义"。事实上，到最后，这就可以视为重新回到了屈原和宋玉的立场上。不过，这两者之间有一种区别，那就是是否经过了和"时"的较量。

第八章　阮　籍

在屈原、宋玉的作品中，以及在前面论述过的、以追悯屈原的形式寄寓作者感怀的一类汉代作品中表现出来的孤独感，是因自己的坚持不为外界所容而产生的。另外，同样是汉代的作品，在作者直接慨叹自己怀才不遇的这一类作品里表现出来的孤独感，则是因对自己所处位置的不满而产生的。

然而，在魏晋时期（3—5世纪）的作品中，却可以看到由这两种情由以外的缘故引发的孤独感。其一是由于自己对周围摈斥，这样的例子可以在曹魏时期阮籍的作品中看到；其二是出于对国破家亡的悲愤，这样的例子可以在晋代刘琨的作品中看到；其三是对门阀等级的不满，这样的例子可以在晋代左思的作品中看到。

阮籍，以竹林七贤之一而闻名。他因不评论时事、不臧否人物，而被司马昭称为至慎之人得到尊重（《世说新语·德行篇》）。然而这归根结底也不过是为了避祸而保持沉默罢了。魏这个时代本来从一开始就不是一个安定的时代，特别是到了末期，由于司马氏的阴谋，社会形势变得极为凶险，言谈稍有不慎就会招致祸端，不知何时就会惨遭杀害。

　　在这样凶险的社会中生存，正如被恐惧的巨网紧紧束缚住一样。只能尽力将周围的事物摈斥在自身之外，仅仅依靠着自己生存下去。被迫选择这样的生存方式的人，内心充斥着深重的、绝望的孤独感。阮籍正是选择了这种生存方式的人，他也是因这样的孤独感而苦恼的人。

　　阮籍有八十二首以《咏怀》为题的诗，虽然是时时吟咏心中所感的作品，但却非常难解，不容易把握诗歌真味。在这里以其中相对而言比较易于理解的三首为例，来探察诗人的孤独感。

> 夜中不能寐，起坐弹鸣琴。
> 薄帷鉴明月，清风吹我衿①。
> 孤鸿号外野，翔鸟鸣北林。
> 徘徊将何见，忧思独伤心。

（《咏怀·其一》）

　　"夜中不能寐"，不用说自然是因为忧思。即便是想要通过弹琴来排遣愁绪，也毫无作用。接下来，诗人为月光所邀，走出房门。后半部分的四句诗，即便是当作对门外事物的描述来理解，也并无不妥之处。"孤鸿"和"翔鸟"虽然可能是在寄托着什么，但是还是暂且视作现实中的

——————
① "衿"，《阮籍集校注》作"襟"，《文选》作"衿"，斯波六郎当本于《文选》。

景色。即使是这样，"孤"这个字还是能令人感觉到悲伤，"翔"这个字还是能令人感觉到欲安而不得的心情。同样是《咏怀》，在第十七首中有"孤鸟西北飞，离兽东南下"之句。"徘徊将何见"是陷于忧虑彷徨之中的作者突然醒悟过来，"忧思独伤心"是对无处倾诉的忧思束手无策。

> 开秋兆①凉气，蟋蟀鸣床帷。
> 感物怀殷忧，悄悄令心悲。
> 多言焉所告，繁辞将诉谁。
> 微风吹罗袂，明月耀清晖。
> 晨鸡鸣高树，命驾起旋归。

（《咏怀·其十四》）

在这首诗中我们也可以看到无法措置自己心中无处倾诉的苦闷，因茕茕孑立的孤寂而烦恼却又无计可施的作者。而这份苦闷、这份孤寂，是来自自己对外界的摈斥。因此，"感物怀殷忧"这一句，也不仅仅是因为看到秋天的景物而触景伤怀，因为时间的变迁而感到悲伤。诗人心中所怀的殷忧，必定是包含着与时政相关的不堪忍受的孤愤。

虽然在古诗中屡屡可见同一文字或者是同义词在一篇之内重复出现，但是在此前举例的那首诗中，"弹""号""鸣"这样与声音有关的字一连使用了三次。在这首诗中，"鸣"这个字也使用了两次，这正是诗

---

① "兆"，《阮籍集校注》作"肇"，《文选》作"兆"，斯波六郎当本于《文选》。

人内心在不断高声悲鸣的自然流露吧。诗人想要倾诉的内容有很多，可是即便花上千言万语，也没有人能够理解这深深的忧愁。如果有人将这些话说出口，就一定会招致灾祸，为了避祸只得保持缄默，借用他自己的诗句来说，就是"天网弥四野，六翮掩不舒"（《咏怀·其四十一》），这里只剩下了激烈的愤懑和落寞的孤单。

再看"晨鸡鸣高树"这句，是无法承受忧愁而在深夜一直彷徨着吧。"命驾起旋归"与"时率意独驾，不由径路，车迹所穷，辄恸哭而反"（《晋书·阮籍传》）的记载相契合。想来诗人愤懑忧愁之极，不得不做出这样古怪的行动吧。

虽然阮籍常常有无视礼法的言论和举动，但这恐怕正是他将反抗那个时代的心理以反抗传统的形式表现了出来。可以说是先做好了反抗的心理准备，然后使自己的行动与那个心理准备相一致。如果是那样的话，他无视礼法的言行只是一场空洞的戏剧，而他那颗远远眺望着正在演戏的自己的孤寂的心，也就成了前面引用的诗句中所歌咏的那样了。

阮籍怀着这样的孤独感，到头来又会遇到什么样的困境呢？

一身不自保，何况恋妻子。

（《咏怀·其三》）

这句诗或许是来源于王粲的"未知身死处，何能两相完"（《七哀诗》）。王粲的这句诗写的是挣扎于战祸之中忍饥挨饿的妇人在抛弃亲生骨肉时的悲叹。那时，这位怀抱着仍在吃奶的婴儿的妇女，在战乱地区四处奔逃，筋疲力尽饥饿之极，走投无路，只得将孩子丢弃在草丛中。虽然身后传来孩子的哭喊声，她却只能逃离。此时这位妇人自言自语："自己尚且难以保全，怎么能抚育这个孩子呢。"这句话表现了生而为人濒于绝境的感情，实在是悲惨之极。此外，这也使得人类与野兽相通的利己本能显露出来，也可以说是残酷之极。紧接着这一句，王粲写到"驱马弃之去，不忍听此言"，此处的"不忍听"，想必一定是因为感受到了这件事的悲惨之极、残酷之极。

这暂且不论，王粲诗中的这个妇人的话语，只是出于混乱的心理状态脱口而出的东西，并没有经过诗人自己的潜心思索。阮籍的这句诗虽然是本于王粲，却是在他自己潜心思索之后，试图传递出自己的情感的表达。

那么，这到底是一种什么样的情感呢？这应当是感受到了那种视为人类宿命的孤立无援的情感吧，而这又是深刻体会过了那种深深的孤独感之后觉察到的心境吧。事实上，正是这种察觉到了应当视为人类宿命的孤立无援的心境，才是根本意义上的孤独感。其余的孤独感不过只是起点，最终都将走向这里。但是，阮籍究竟是在何种程度上有意识地书写这种根本意义上的孤独感的，还存在很大疑问，直到唐代的杜甫才终于比较清醒地认识到了这个问题。

此外，吉川幸次郎博士在《关于阮籍的咏怀诗》中[《阮籍の詠懷詩について》，昭和三十一年（1956年）《中国文学报》第五册，并昭和三十二年（1957年）同刊第六册]对孤独感做了详细的论述，极富卓见，希望读者可以一并参看。

第九章 刘 琨

　　西晋灭亡之后，许多人移居江南并在那里建立了东晋。对民族来说，这一历史事实固然是一大悲剧，但同时也给中国文化带来了极大的变革。然而，这并非当前要解决的问题，在这里只谈谈生活在西晋至东晋初年，将国破家亡的哀愤和由此而生的孤独感倾诉在作品中的刘琨。

　　当然，那个时候悲叹亡国的还有其他人，这从《世说新语》中记载的周顗（《言语篇》）、桓温（《轻诋篇》）的悲叹之辞等中可以看出。但这也仅限于发出那样的言论而已，并没有咏叹悲慨的作品流传下来。此外，如郭璞，虽然也有歌咏亡国之悲的作品，但却难以看到在刘琨作品中表现出来的那样深沉的孤独感。

　　刘琨是被以争豪斗富而闻名的西晋石崇招致到金谷园别墅赋诗的文士之一，并且曾经侍奉作为贾后一族而权势滔天的贾谧，可以算是"二十四友"之一，但那是他年轻时候的事了。他的壮年时期正当西晋衰亡之际。刘琨富于慷慨之气，虽然直到最后都在为西晋的复兴而奔走，但是却毫无成效，西晋最终还是灭亡了。

据说他善于招延，一日有数千人前来归附，却因拙于抚御，一日也有数千人逃散而去（《世说新语·尤悔篇》）。另据史书记载，晋阳曾为胡骑所围，十分窘迫，他则于夜晚登楼吹奏胡笳，贼军闻此难忍思乡之情，流泪唏嘘。拂晓刘琨再次吹奏，贼军则弃围而归（《晋书·刘琨传》）。[①] 刘琨还留下了这样的逸闻。

刘琨有一位名叫卢谌的部下，卢谌的姨母是刘琨的妻子，并且因为他既有才能又出身名门，刘琨特别亲近爱重他。后来因为一些缘故，卢谌离刘琨而去，成为段匹磾的部下。但是卢谌到底还是难以忘怀刘琨的旧恩，写了很长的信和诗寄给刘琨倾诉衷曲，刘琨亦以书信与诗答之。在此要讨论的就是在书信中淋漓尽致地表现出来的刘琨的心境。

> 昔在少壮，未尝检括。远慕老庄之齐物，近嘉阮生之放旷。怪厚薄何从而生，哀乐何由而至。自顷辀张，困于逆乱。国破家亡，亲友雕残。负杖行吟，则百忧俱至；块然独坐，则哀愤两集。[②]
>
> 时复相与举觞对膝，破涕为笑，排终身之积惨，求数刻之暂欢。譬由疾疢弥年，而欲以一丸销之，其可得乎……
>
> 然后知聃周之为虚诞，嗣宗之为妄作也。
>
> （刘琨《答卢谌书》）

---

① 《晋书》原文为："在晋阳，尝为胡骑所围数重，城中窘迫无计，琨乃乘月登楼清啸，贼闻之，皆凄然长叹。中夜奏胡笳，贼又流涕歔欷，有怀土之切。向晓复吹之，贼并弃围而走。"

② 据《先秦汉魏晋南北朝诗》，"负杖行吟，则百忧俱至；块然独坐，则哀愤两集"，一作"块然独坐，则哀愤两集；负杖行吟，则百忧俱至"。

东晋大兴元年(318 年)五月刘琨为段匹磾所杀,时年 48 岁。这封信就是在那一年,或是前一年,也就是在刘琨去世前不久写成的。

说起那个时候晋的国情,永嘉五年(311 年),在所谓的"永嘉之乱"中,洛阳被刘曜、石勒攻陷,怀帝被俘。313 年,怀帝最终为刘聪所弑。建兴四年(316 年),刘曜攻陷长安,愍帝出降。于是西晋灭亡,中原地区自此处于北方少数民族的统治之下。317 年,宣帝曾孙琅琊王司马睿于建康即位,改元建武,于大兴元年即帝位。这就是东晋元帝。就这样,晋朝的命脉总算勉勉强强在江南得到延续。

至于刘琨,他自始至终勇于义,为了晋室的复兴而努力,但是却毫无成效,就连他的父母也命丧贼人之手。

大致了解了上述的史实,我们也就可以基本理解刘琨信中所写的"国破家亡"的内容,并且能够大体想象出他哀愤的样子了。

方才提到的书信中的文字"昔在少壮,未尝检括……哀乐何由而至",是对年轻时候的追忆。魏晋时代是"清谈"盛行的时代,知识阶层往往推崇老庄思想,将实务弃之不顾,无视礼法规范。刘琨多少也浸染上了这种风气。所谓"齐物",是指超越生死、是非、善恶、彼我等一切差别,将万物等同视之。老庄,尤其是庄子宣扬领会了"道"就能达到这样的境界。"阮生"指的是竹林七贤之一的阮籍。所谓"放旷",是指不拘泥于物,恣意而行。这样的行为大致始于竹林七贤的阮籍等人,此后多有人效仿。

年轻的时候,刘琨追慕遥遥往昔老庄所讲的齐物境界,倾心相去不远的阮籍的放旷态度。他想要效仿他们,全然不约束自己。他见到俗人厚爱薄憎，哀死乐生，讶异这种差别对待是如何产生的——如此，刘琨思考着，但是在直面国破家亡这样无法逃避的巨大灾难之时，他慨叹那样的生活方式也无法使自己得到些许安慰。

"自顷辀张，困于逆乱……其可得乎"，是在叙说当下因愤懑和忧愁而生出的、不堪忍受的苦恼。

"负杖行吟"，诗人吟唱的或许是愤慨之歌，或许是哀痛之歌。即便如此，负杖行吟这种行为，多少也还有点愉悦，或者说是多少想要变得愉悦一些时候的举动。尽管如此，心中郁结的忧愁不知何时便会喷涌而出无法停止，更何况独自一人发呆的时候，百忧凝聚，忧愤袭来，身心备受折磨。

诗人感叹，偶尔与你举杯对酌，强行将愁容换为笑颜，但是若想排遣掉心中郁积的苦痛，得到须臾的快乐，却如同妄想用区区一粒丸药来治愈久病之躯，是无论如何也做不到的。

"然后知聃周之为虚诞，嗣宗之为妄作也"是对老庄和阮籍的批判。此句之前，原文还有与卢谌道别的一段文字，这句话直接成了这段内容的收尾，同时也间接与"昔在少壮，未尝检括，远慕老庄之齐物，近嘉阮生之放旷，怪厚薄何从而生"遥相呼应，因此也就成了对这句之后全部内容的煞尾。

所谓"聃周"，"聃"指的是老聃，也就是老子；"周"指的是庄周，也就是庄子。"嗣宗"是竹林七贤之一的阮籍的字。老子庄子宣扬齐物，阮籍等人以放旷的言行来践行它。然而对于如今陷入不幸旋涡的自己来说，他们的语言与行为不过是荒唐无稽的胡来罢了。刘琨之所以会说出这样的话，或许是因为在卢谌的赠诗中有"死生既齐，荣辱奚别"这样的语句。但是，在苦恼中挣扎的刘琨恐怕也真的就是这样想的吧。正是因为如此，他在回答卢谌的诗中说"谁云圣达节，知命故不忧。宣尼悲获麟，西狩涕孔丘"，连孔子觉察到道穷都会悲泣，即便是圣人，面对有些事情也无法控制自己的哀乐之情。（宣尼即孔丘，亦即孔子。孔子，名丘，字仲尼，汉时被追谥为宣尼公。鲁哀公十四年，西狩获麟。传说孔子见麒麟所现非时，悲叹"吾道穷矣"。事见《春秋公羊传》。此外，"宣尼悲获麟"和"西狩涕孔丘"二句不过是对同一内容的重复表达，因此这两句动辄受到非难。）

一般认为自魏正始时期起，人们变得更加倾向于老庄思想。这种局面的形成有着各种各样的原因。然而，背负仅仅依靠儒家思想无法解决的深重烦恼的人变多了，这才是根本上的原因吧。沐并在其于正始末期所著《终制》中①，评价儒学是"未是夫穷理尽性、陶冶变化之实论也"，并说：

> 若能原始要终，以天地为一区，万物为刍狗，该览玄通，求形景之宗，同祸福之素，一死生之命，吾有慕于道矣。
>
> （《魏志·常林传》注引《魏略》所载沐并《终制》）

诸如此类，皆可视为是对当时社会环境的反映。

---

① 沐并，字德信，三国魏人，位至议郎。《三国志》注引《魏略》云："年六十余，自虑身无常，豫作《终制》，戒其子以俭葬。"

此后，老庄思想越发盛行，随着言行虚诞放荡的人越来越多，它的弊病也日益明显，批判它的人也随之出现。极为讽刺的是，这些人最先出现在一直以来以谈论虚无为主的清谈者之中。西晋裴颜被时人评论为"言谈之林数"，著有《崇有论》，意图矫正崇尚虚无的时弊（《晋书·裴秀传》附颜传，以及《世说新语·文学篇》），正是其中的先驱吧。到了东晋之后，进行这样批判的人更是层出不穷。那时，王隐在其《晋书》①中严厉地批评说："其后贵游子弟阮瞻、王澄、谢鲲、胡毋辅之之徒，皆祖述于籍，谓得大道之本。故去巾帻，脱衣服，露丑恶，同禽兽。甚者名之为'通'，次者名之为'达'也。"（《世说新语·德行篇》注引）干宝在《晋纪·总论》中评论说"学者以庄老为宗而黜六经，谈者以虚薄为辩而贱名检"是西晋灭亡的主要原因。王坦之著《废庄论》，详细论述了庄子思想危害天下之大。特别是像袁悦（《晋书》本传作袁悦之），既厌弃《论语》《易》，也厌弃《老子》《庄子》，甚至说出"天下要物，正有《战国策》"（《世说新语·馋险篇》）这样的话。

这样的例子如果要找还有很多，究其要旨，这些对老庄思想的批判全都一样，无外乎是针对社会风纪，或是政治的理想状态而进行的。

然而，刘琨此时对于老庄和阮籍的批判，并非出于客观的立场，而是他自己个人的主观立场，也就是从是否能够解决主观苦恼这一点上进行批判的。前述魏人沐并为了解决自己的苦恼而寻求的老庄思想，

① 王隐，字处叔，东晋时人。《隋书·经籍志》载："《晋书》八十六卷本九十三卷，今残缺。晋著作郎王隐撰。"《新唐书·艺文志》著录王隐《晋书》八十九卷。今有汤球《九家旧晋书辑本》，辑王隐《晋书》十一卷。

到了这种地步，也就只有全盘否定了。刘琨的这种思考方式，在大约四十年后，为王羲之所继承。

以上，是摘取刘琨答复卢谌的书信的一部分，揣摩其大意，可以察知刘琨无论行住坐卧，都烦恼于不堪承受的忧愁甚或是哀愤之情。唐朝李白有诗云"抽刀断水水更流，举杯消愁愁更愁"（《宣州谢朓楼饯别校书叔云》），刘琨的哀愁乃至无法消解的哀愤，恰似李白所吟的这句诗。

但是刘琨的忧愁与哀愤，并不是愤怒于自己的信念无法实行，抑或是哀怜生命的无常，也不是与世间格格不入的孤寂。其中最主要的还是对毁灭者、杀人者、伤害者的愤恨和对被毁者、被杀者、被伤者的哀悯。也就是说刘琨的忧愁与哀愤并不是因世间之理被扭曲而产生的，而是自然流露的朴素的感情。他的诗富于热情，可以被视作刘琨临终遗言的"死生有命，但恨仇耻不雪，无以下见二亲耳"（《晋书·刘琨传》），也表明了他的哀愤的性质。

无论如何，刘琨一直苦恼于这样的哀愤。在那个时候，悲叹国破家亡的无疑还有其他人。尽管如此，刘琨无论散步还是独坐，都独自陷于苦恼不能自已。"负杖行吟，则百忧俱至，块然独坐，则哀愤两集"，他凝视着这样的自己，这正是他的孤独感之所在。需要格外注意的是，与他人对酌时的刘琨的内心。

偶尔与刘琨对酌的，恐怕还是那时担任他的下属的卢谌吧。卢谌的父母亦为胡人刘粲①所杀，或许是通过与有这样经历的卢谌对酌，

① 刘粲，字士光，五胡十六国时期汉国（后改国号前赵）君主。永嘉末年，卢谌父卢志携妻子投奔刘琨，于阳邑为刘粲所掳，后遇害于平阳。

刘琨想要暂时地逃离烦恼吧。

刘琨将那时的心理活动称为"破涕为笑"，此处"破涕"的用法，据我所知，大概是最早的用例。虽然难以明确地解释出它的意义，总之，应该是由泪容开始的转变吧。即便如此，把这种转变称为"破"，在那里果然还是暗含着努力打破的意味。如此说来，所谓"破涕为笑"——"涕"毕竟个人的情绪——可以解释为强行将这种状态打破换为笑颜，想要与对方一起到达"笑"的心境吧。

可是，"笑"这个东西本身又是极其古怪的。泪中之假少，笑中之伪多。盗跖已经喝破这一事实："开口而笑者，一月之中不过四五日而已矣。"（《庄子·盗跖篇》）在遥远的后世，唐代的岑参甚至感叹"一生大笑能几回"（《凉州馆中与诸判官夜集》）。真正发自内心的笑并不能常有。而且就算是发自内心的笑，回过头看，也会为它的虚无所震惊。巧合的是，西方诗人也吟咏"最真诚的笑容，那里也有苦涩"①。笑本来就是这样的东西。

现在，刘琨想要通过强颜欢笑与对方达成一致，但是那个笑本来就不过是勉强的笑而已，就连发自内心的笑，终归也是虚无的，更何况想要通过勉强的笑与对方达成一致，那也不过是伪装罢了。就这样虽然是对坐，却依然只剩下孤独的自己。正是因为如此，刘琨才不得不说："譬由疾疢弥年，而欲以一丸销之。"

---

① 此句出自雪莱《致云雀》，原文为："Our sincerest laughter with some pain is fraught."。斯波六郎采用的译文为："腹からの笑いといえど、苦しみのそこにあるべし。"（疑出自夏目漱石的《草枕》）

第十章　左　思

历朝历代皆看重门第，只是程度有所不同。在晋代初年，这种倾向尤为严重。

本来，晋代的官吏选拔沿袭曹魏时期制定的九品中正制。所谓九品中正制，就是在地方设置中正官，将士人评议为第九品至第一品的九等，向中央推荐的制度（关于这个制度，宫崎市定博士著有《九品官人法の研究：科举前史》[①]这样优秀的研究成果）。虽然这看上去是非常公平的做法，但是因为有着中正官的斟酌处理，无论如何都容易伴随一些弊病，因此做出对贵族、门阀有利的酌情处理已经成为常态。晋初重视门阀之弊害日益严重，其原因正在于此。这从刘毅、段灼的言论中也可以看到。

刘毅上疏议论九品中正制的"八损"，指出现今的中正官只是基于党利和爱憎进行品评，其结果是：

---

①　此书有中译本。宫崎市定：《九品官人法研究：科举前史》，韩昇、刘建英译，北京，中华书局，2008。

上品无寒门，下品无势族。

（《晋书·刘毅传》）

在段灼上表所陈的五事中，也对当时的选拔制度进行了非难：

今台阁选举，涂塞耳目，九品访人，唯问中正。故据上品者，非公侯之子孙，则当涂之昆弟也。二者苟然，则荜门蓬户之俊，安得不有陆沈者哉。

（《晋书·段灼传》）

东晋干宝更是在《晋纪·总论》中论述西晋的灭亡原因时说：

世族贵戚之子弟，陵迈超越，不拘资次。（"资次"一语亦见于刘寔《崇让论》①）。

（《文选·卷四十九》）

世族贵戚子弟的恣意荣达，甚至也被列为西晋灭亡的原因之一。左思的喟叹，就是在这样的社会各阶层之间横亘着巨大差异的背景中产生的。

从《晋书·左思传》，或是《世说新语·文学篇》注所引的《左思别

---

① 刘寔《崇让论》："非势家之子，率多因资次而进也。"

传》来看，左思的家世既不是世族也不是贵戚。左思之妹左棻在她所作的《离思赋》中，说到自己的成长经历时说"生蓬户之侧陋兮"，这绝不是自谦之语。

《晋书》记载左思："不好交游，惟以闲居为事。造《齐都赋》，一年乃成。复欲赋三都，泰始八年（二七二）①，会妹芬入宫，移家京师，乃诣著作郎张载访岷邛之事。遂构思十年，门庭籓溷皆著笔纸，遇得一句，即便疏之。自以所见不博，求为秘书郎。"（《左思传·左贵嫔传》）从《晋书》可知，左思的官职仅仅是秘书郎这样的属官。不过，据《左思别传》记载，左思在担任秘书郎之前，被时任司空的张华辟为祭酒②，这个祭酒应该是比秘书郎要高得多的官职吧。

左思担任秘书郎时候的长官，亦即秘书监，正是贾谧。贾谧出身名门，是晋惠帝皇后贾氏的外甥。惠帝暗愚，他趁机把持朝政。趋炎附势、谄事贾谧之徒有二十四人，被称为贾谧"二十四友"，左思也是其中之一。由此观之，他大概也有想要通过依附贾谧而出人头地的野心。此外，其妹左棻进封女官中最高级别的贵嫔，笔者猜测左思是否也期待由此因缘而得以发迹显达呢。之所以这么说，是因为根据《左思别传》的记载，他非常以左棻之事为荣③。就这样，明明梦想着立身荣达，但这个梦想却没有实现。元康末年，贾谧被诛（《晋书·惠帝纪》），

---

① 据《晋书·左贵嫔传》，左棻"泰始八年，拜修仪"。

② 《全上古三代秦汉三国六朝文》所录《左思别传》云："司空张华辟为祭酒，贾谧举为秘书。"

③ 《左思别传》云："思为人无吏干而有文才，又颇以椒房自矜。"

左思辞官退居，自此之后不复出仕。

左思著有《咏史》八首，假借历史人物之口吟咏自己的情怀，这就给历来只是吟咏历史人物的咏史诗带来了极大的变革。在《咏史》八首以及《杂诗》中，最能够体现出左思的心境。根据这些诗作，他以将富贵置之度外的志行崇高的生活为理想。左思歌咏自己的决心：

功成不受爵，长揖归田庐。

（《咏史·其一》）

战国时代的鲁仲连在谈笑之中退秦救赵，并表示，为人排患释难若有所取，则沦为商贾之人。左思称赏他建立功勋却拒受封赏：

功成耻受赏，高节卓不群。

（《咏史·其三》）

然而，要想实现这样的理想，必须拥有足以实现这样理想的地位。可惜的是，左思不过是区区一介属官，对于建立大功业而言未免太过卑微。至于为什么无法就任能够实现理想的职位，左思认为是由于自己出身的低微。

郁郁涧底松，离离山上苗。
以彼径寸茎，荫此百尺条。

世胄蹑高位，英俊沉下僚。

地势使之然，由来非一朝。

（《咏史·其二》）

上面诗句的大意为：明明只是直径不过一寸的离离幼苗，却能够将高达百尺的郁郁老松完全遮蔽住。无非是因为一个生长在山上，一个则生长在谷底。与此相似，出身名门的公子轻而易举就能登上高位，普通人家的子弟即便俊逸出众，也只能永远沉沦下僚。这是地势所导致的，并不是现在才开始出现的。

"离离"①指的是枝叶稀疏下垂的样子，与上句枝叶密生，表现了上升趋势的强大生命力的"郁郁"相比，它表现的是下降的衰弱。"苗"指的是小树，与上句中坚守节操四季常青的老松相比，此处的小树大概是遇寒而凋的落叶树的幼苗。白居易《赠元稹》诗中的"岂无山上苗，径寸无岁寒"之句，恐怕正是本于左思此诗（此外，白居易亦有题为《涧底松》之诗，本于左思《咏史·其二》）。

将树根盘曲深固、高高耸立的常青老松与根系浮浅的落叶幼苗相比较，在暗示英俊与世胄的差距的同时，诗人的自信与对门阀制度的反叛之心也满溢而出。同样是《咏史》，其六云：

贵者虽自贵，视之若埃尘。

---

① 离离，按《毛传》释"其桐其椅，其实离离"，《小雅·湛露》中有"离离，垂也"，并无稀疏之意。斯波六郎此处释为"稀疏下垂"，盖欲与下文"郁郁"相对。

　　　　贱者虽自贱，重之若千钧。

　　在上面的诗句中，也包含着这样的心情吧。

　　显然，这是愤慨于因重视门阀而造成的阶级差异之甚。然而，左思并没有因此而彻底否定这个重视门阀的社会，也并没有将它打破并进行改革的想法。他仅仅是将自己的不遇归咎于"地势"。据此来看，他不过是暗自产生了放弃之心罢了。如果再玩味"地势使之然，由来非一朝"这一句，以及后面叙述的出身寒门，直到白头都屈居中郎署长的汉代冯唐的故事，也就自然可以明白这一点了吧。

　　《咏史·其五》对峨峨高门之内幽深林立的王侯府邸进行了描写，其后则云：

　　　　自非攀龙客，何为欻来游。

　　"攀龙客"虽然一般指的是想要通过依附王侯实现荣达的人，但在这里只是就特定的家世良好的人而言的。如果不是被选中的人，既不能随意出入深宅，也不会为那样的深宅所接纳。高高在上的王侯宅第对我辈而言全然无缘，左思愤然悲叹。这句诗也因为对门阀的抗拒和对自己的低微出身的省察，而充满了沮丧的情绪。此句之后，左思表达了想要追迹许由的心情，最后以这一句作为结尾：

　　　　振衣千仞冈，濯足万里流。

这个结句在后世广为传唱。而成就了如此清旷刚健之句的，却是愤慨和绝望。

既胸怀理想，也坚信自己拥有足以实现理想的能力（话虽如此，《左思别传》评价他说："思为人无吏干，而有文才。"），一旦觉察到自己之所以无法就任能够发挥能力的职位，正是由于出身的低微，诗人就会觉得生于寒门、注定不幸的自己无比可怜。于是左思顾望自己的身影，完全陷入孤独感中不能自拔。在上述两首诗中暗含着这样的孤寂之感。左思还有将孤独感比较清楚地表现出来的诗篇，这就是《咏史·其四》。在这首诗中，诗人首先描写了王侯的豪奢生活；其次，与之对照，对扬雄①寂寥的居处做了如下描述：

> 寂寂扬子宅，门无卿相舆。
> 寥寥空宇中，所讲在玄虚。

《汉书·扬雄传赞》引扬雄自序云"家素贫""人希至其门"。卿自然不会去拜访贫寒人家。这个时候扬雄的生活与权势世界完全没有任何交涉。所谓"空宇中"，虽然指的是独自在空荡荡的家中，但实际上表现出来的却是孤身一人处于那样的境遇之中。在这里，既是指肉体上的形单影只，也意味着精神上的孤独。展现出如此姿态的扬雄，研究着玄远虚无、深邃晦涩的道。

---

① "扬雄"，斯波六郎原文作"杨雄"。

归根结底，这句诗是对与权势世界完全没有交涉、研精静虑以道自守的扬雄的孤独身姿的想象。在这里可以看到左思自己的身影。这也正与《楚辞·九叹》中的"闵空宇之孤子兮"之句相同。左思无疑是对扬雄，甚至是孤独的自己心生怜悯。然而可以感受到，在诗句中并非只有怜悯之情，其中还蕴含着希望之情。之所以这么说，是因为此诗的结尾是这样的诗句：

悠悠百世后，英名擅八区。

忍受孤独的扬雄，将在后世英名远扬，诗人自己也将对未来的希望寄托于此。这就是结句的含义吧。

此外，如前文所述，扬雄出身贫寒。从《扬雄传》中可知他还有口吃的毛病，更兼禄位容貌无一动人。根据《晋书》本传，左思同样"貌寝口讷"，特别是关于他容貌丑陋，甚至流传下了为群妪乱唾的逸话①。（《世说新语·容止篇》）诸如此类，或许因为左思和扬雄有着相似之处，所以对他感到格外亲近。

《咏史·其八》，是一篇越发显露出孤独感的作品。

习习笼中鸟，举翮触四隅。
落落穷巷士，抱影守空庐。

---

① 《世说新语》原文为："左太冲绝丑，亦复效岳游遨，于是群妪齐共乱唾之，委顿而返。"

"习习"，是形容鸟频频飞动的样子。"落落"，是形容与人疏远、被人疏远的样子。而此处的疏远，是由于洁身自守，不肯轻易妥协，苟同于俗。

这开头四句的大意是：笼中之鸟频频试图飞翔，却每次都撞到笼子的四个角，无法高高地飞上天空。与之相似，居住在陋巷的男子，虽然胸怀大志，却无论如何也不能荣达，只能守着自己的影子，待在空屋一样的家中，寂寞地为世间所疏远。正是身陷笼中、身居陋巷的处境使他这样。

后面的诗是：

　　　出门无通路，枳棘塞中涂。
　　　计策弃不收，块若枯池鱼。

"出门无通路，枳棘塞中涂"两句，描写的是"穷巷士"门前的荒凉闭塞的情境，寓意仕途之不通。"计策弃不收"之句，意为即使有出色的计谋策略，因为仕途不通也无人问津。接下来，"块若枯池鱼"之句，是将生活的窘迫比作枯池鱼。"块"是形容一个人一动不动独坐的样子。这首诗接下来是：

　　　外望无寸禄，内顾无斗储。
　　　亲戚还相蔑，朋友日夜疏。

这四句是对窘迫生活的描写。"寸禄"是微薄的薪俸，"斗储"是极少的存粮。在对窘迫生活的描写中，包含着再也不能忍耐，无论如何都想荣达的心情。

然而，对于"穷巷士"而言，这是从一开始就注定的，怎么都无法实现的事。于是，本诗至此陡然转变，转而吟咏达观的境界。在"朋友日夜疏"之后，诗人以李斯和苏秦为例，来说明转瞬之间荣耀显达，又转瞬之间凋敝破败之事。最后，以下面四句诗收尾：

> 饮河期满腹，贵足不愿余。
> 巢林栖一枝，可为达士模。

这个结尾，自不待言，是本于《庄子》开卷第一篇《逍遥游》中的"鹪鹩巢于深林，不过一枝；偃鼠饮河，不过满腹"。像鹪鹩或偃鼠那样识见高明不同流俗，理应成为士之楷模。仿效它们，自己也应当满足于当前的境遇，不应再有非分的贪图。

这就又归结到老庄知足安分的思想上，说平凡也是平凡，说消极也是消极。然而，当陷于无可奈何的处境感到极度痛苦时，皈依于这种思想，未尝不是一种充满生气、强大有力的信念吧。

这篇《咏史·其八》是以"穷巷士"为主题而作的。诗人歌咏贫士，大概可以算是一个最古老的门类了。但是这里的"穷巷士"实际上却是作者自身的影子。若是如此，那么无论是"抱影守空庐"，还是"块若枯池鱼"，描绘的穷巷之士的孤独身影都是作者自己的孤独身姿。而且这个身姿并不单单只是剪影一样的存在，而必须看作诗人孤独的灵魂凝结而成的鲜活姿态。左思的孤独感可以说在这里得到了最直白的表现。

或许在别人看来没有什么意义，在此，笔者想要继续穷根究底。在左思之后一百年左右出现的诗人陶渊明，创作了七首题为《咏贫士》的诗，大概就是受到了左思此诗的影响。然而陶渊明诗中所吟咏的贫士，对仕途没有丝毫的眷恋。与此相比，左思诗中的"穷巷士"虽然有着强烈的出仕意愿，但却是无法实现的寒士。

在此，我想要提出的问题是，这里的"穷巷士"是因为仕途不顺、无法荣达而成为穷巷之士，还是因为他是穷巷之士故而无法荣达呢？左思描绘的穷巷之士，到底是这两种情况中的哪一种呢？

通过玩味这首诗的开头四句："习习笼中鸟，举翮触四隅。落落穷巷士，抱影守空庐"，可以找到这个问题的答案。笼中之鸟是拥有着翱翔四海的能力的鸟，然而却因为不幸地被困于笼中而不能飞翔。这首诗正是在这个意义上取"笼中鸟"为喻。这样看来，被喻为笼中鸟的"抱影守空庐"之人，应当被看作不幸地生于穷巷，故而别无他法之人。

此外，不仅仅是这首诗，在叙述人的成长经历时，"穷巷"的用例也并不少见。《战国策》中有"且夫苏秦特穷巷掘门、桑户棬枢之士耳"（《战国策·秦策一》）之句，西汉王褒《圣主得贤臣颂》中亦有"生于穷巷之中，长于蓬茨之下"之语。无论如何，将左思的"穷巷士"解释为生长于穷巷之士大致不会错。

若是如此，那么这位穷巷士之所以不能荣达，正是由于前文所引的"地势使之然"。"抱影守空庐""块若枯池鱼"的孤独身姿，也可以说是暗自慨叹"地势"的身姿吧。在这样慨叹的最后，诗人达到的是前面引用过的、本诗结尾处"饮河期满腹，贵足不愿余。巢林栖一枝，可为达士模"的心境。诗人关于"地势"的感慨如此之深，这种心境肯定是自己的切身体会，而绝非借自他人。

归根结底，左思的孤独感来源于他所意识到的"地势"的不利。这种意识也可以说是对当时社会所存在的阶级差异的反抗意识。然而，这个反抗意识到底达到了什么样的程度，是否是将它作为阶级的普遍问题而意识到的，仍然是个疑问。

生于左思之后150年左右的南朝宋的鲍照，和左思一样，因低微的出身而对自己的不遇断念死心。鲍照还试图通过对自己性格的反省，来宽慰自己不遇的苦痛。

第十一章 鲍 照

　　在《宋书》和《南史》的《鲍照传》(附于《临川烈武王道归传》)中完全没有提及他的父祖。另外，在虞炎所作的《鲍照集序》中，也称他"家世贫贱"。① 根据这些，可知鲍照的出身之低微。他在诗文中自称"臣孤门贱生"(《解褐谢侍郎表》)、"我以筚门士"(《答客诗》)，可知绝非自谦之语。

　　以《世说新语》的编撰者而为人所知的临川王刘义庆，在出任江州刺史的时候广招文学之士，鲍照亦跻身其间，被擢用为国侍郎。根据吴丕绩所作的《鲍照年谱》，这恐怕是要等到元嘉十六年(439年)鲍照35岁的时候了。鲍照晚年出仕孝武帝，担任太学博士兼中书舍人，后出任秣陵令，最后为荆州刺史临海王子顼前军参军，掌书记。据吴氏所作年谱，鲍照担任太学博士和中书舍人在孝建三年(456年)，时年52岁。他去世的时候是62岁。

　　鲍照在都城建康行药，也就是服药之后散步的时候，看到为了名

---

① 虞炎，生卒年不详。据《南齐书》记载，其主要活动时间应在南齐永明前后。《鲍照集序》，今收录于《鲍照集校注》(中华书局，2012)及《全上古三代秦汉三国六朝文》(上海古籍出版社，2009)。

利奔走辛劳的人们有感而作此诗。在这首诗的结尾他这样说：

> 尊贤永照灼，孤贱长隐沦。
> 容华坐销歇，端为谁苦辛。

（《行药至城东桥》）

"尊贤"指的是家世尊贵之人，"孤贱"指的是无所凭依、身份卑微之人。此处的"孤贱"就是他自称的"孤门贱士"。生于尊贵之家，不管才能如何总能维持荣华的地位，然而孤门贱士无论到何时都被弃之不顾，无法翻身。诗人独自感叹独自愁闷：在这样的世道中生存身心俱疲，不知不觉年华老去，到底是为了什么而这般辛苦。

诗人的感叹和愁闷交织着愤怒与自嘲，在它们的尽头又再次撞上了"孤贱"这堵厚墙。我们不能无视隐藏在字里行间的，因作者碰壁受阻后的那种无可奈何的悲伤。

鲍照还写下了《瓜步山揭文》这篇文章，这应该是他出仕刘义庆时期的作品。他在文中提到瓜步山明明不过只是一座小山，但是因为在江中，所以非常显眼，接下来诗人评论道：

> 是亦居势使之然也。故才之多少，不如势之多少远矣。

"居势使之然"也是在《汉书·景十三王传》中出现过的句子。① 所谓"居势"，指的是所处的境遇、地位一类的意思。换言之，瓜步山尽管是座小山但却非常引人注目，是因为它所在的地理位置好。于是，由此诗人又联想到人类社会的现实："故才之多少，不如势之多少远矣。"此处的"势之多少"，是地位高低的意思。诗人感叹自己最终还是因为家世卑微，而无法就任能够发挥自己才华的职位。

鲍照还著有《咏史诗》。在这首诗中，他首先叙写了富贵之徒的荣耀繁华，最后以这句诗结尾：

> 君平独寂寞，身世两相弃。

"君平"指的是西汉的严君平。严君平在蜀地成都以卜筮为业，在赚取每日的生活费之后就闭肆谢客，下帘而授《老子》，是彻底断绝了世俗欲望的人。此事见于《汉书·王贡两龚鲍传》的序。

这首诗讲的是，在京城的富贵之家，天色未亮之时心怀野心的宾客们便纷纭而至。与此相反，在蜀地君平家却没有一车一马的宾客，身世两弃。此诗正是吟咏倾慕君平之心的作品。

那么，诗人是被严君平的什么地方吸引了呢。通过对"身世两相弃"这句诗的吟味可知。这句诗大概原本是出自《庄子·缮性篇》中的：

---

① 《景十三王传》："沈溺放恣之中，居势使然也。"

世丧道矣，道丧世矣，世与道交相丧也。

"身"是指严君平自身，"世"说的是他生存的时世。君平厌弃世事，不欲出仕，同时他也为时世所弃，不予录用。这就是这句话的大略意思。然而鲍照在这里是将君平与时世等而视之吗？恐怕并不是这样的吧。鲍照认为正因为君平为世所弃，所以他才不得不弃世。他在《蜀四贤咏》中说：

君平因世闲，得还守寂寞。

这样的表述正是将君平为世所弃视为他弃世的主要原因。出于这样的认知，鲍照既同情君平的孤独，也在其中寄托了自己因不遇而产生的孤独感。而且，他是将不遇与自己的出身结合在一起思考的。

在上述作品之外，鲍照还有歌咏孤独之叹的作品。其中，将这份感情表现得最强烈的是《拟行路难》十八首（据《古诗纪》）的第四首与第六首。

在《拟行路难·其十八》中有这样的句子：

丈夫四十强①而仕，余当二十弱冠辰。

---

① "强"，《鲍照集校注》作"疆"。

由此可知这首诗的确是作于诗人 20 岁的时候，至于其他十七首是否也是如此则难以断定。实际上，譬如第六首通常被认为作于鲍照 20 岁时，这非常值得怀疑。之所以这么说，是因为第六首是歌咏仕宦之作。然而查阅鲍照的年谱，他最初出仕也要到 35 岁之后了。

这暂且搁置不论，《拟行路难·其四》中说：

> 泻水置平地，
> 各自东西南北流。
> 人生亦有命，
> 安能行叹复坐愁。
> 酌酒以自宽，
> 举杯断绝歌路难。
> 心非木石岂无感，
> 吞声踯躅不敢言。

将水倾泻于平地，分别流向东南西北不同的方向。明明是相同的水，而且还倾泻于一处，却各自分开流去，不得不去往不同的去向，这正是水流各自与生俱来的命运吧。想来生存在这个世界上的人们也是如此，身份的贵贱与各自的命运交织在一起，因此也就不必坐住卧都为己之不遇而愁叹，姑且酌酒以浇胸中块垒，举杯欲饮，却不胜感慨而歌《行路难》。我的心既非木石，岂会毫无所感。诗人陷入深沉的感伤之中无法自拔，然而却只能顿足吞声，不能道出心中的悲伤。

每个人无论如何也难以逃避各自的命运，诗人虽然在理智上认可，但是在感情上无论如何也不能接受。这份感情之复杂想要言说却又无法言说，纵使真的说出来，也不会为他人所理解，只能默默地独自承受着。将诗人因感情的激烈动荡而陷入烦恼的心情吐露出来的正是上面这首诗。

　　从这首诗中可以看到因感情的激烈震荡而饱受痛苦煎熬的鲍照也会有死心的时候。因何而死心呢，大概是想起了自己的家世和个性吧。同是《拟行路难》，在第六首中可以看到这样的诗句：

　　　　对案不能食，

　　　　拔剑击柱长叹息。

　　　　丈夫生世会几时，

　　　　安能蹀躞垂羽翼？

　　　　弃置罢官去，

　　　　还家自休息。

　　　　朝出与亲辞，

　　　　暮还在亲侧。

　　　　弄儿床前戏，

　　　　看妇机中织。

　　　　自古圣贤尽贫贱，

　　　　何况我辈孤且直。

大意是：因为太过愤懑以至于饭都吃不下去，只能击柱长叹——我谩有才华，怎能羽翼断折、蹀躞逢迎度过此生。管它呢，还是辞官归故里吧。虽然迫于生计早晨不得不早早出门，但是夜晚归家却可以和妻子父母一起愉快地生活。这才是我的安居生息之处。虽然这么说，但是富有才华却无法荣达的自己无论做什么都让人感到悲苦凄惨。这无法释怀的心情要如何安放呢？然而，进一步考虑的话，自古以来的圣贤全都没有荣达。圣贤尚且如此，何况我们这样孤且直的人呢，毋宁说是理所当然的事了。

　　这首诗歌咏的内容既可以理解为鲍照在现实中辞官而归时的心情，也可以理解为对辞官而归的想象。现在姑且视作后者。

　　这首诗需要特别注意的是"孤且直"这三个字。这里并不是将"孤直"一语拆分开来使用，"孤"与"直"是两个并列的成分。此处的"孤"恐怕指的正是出身的卑贱，也就是鲍照自己所说"臣孤门贱士"的"孤门"吧。"直"想来说的是他锋芒毕露、不懂融通、毫不妥协的性格吧。在他的《代白头吟》中有这样的诗句：

　　　　直如朱丝绳，清如玉壶冰。

　　绷得像琴弦一样直，丝毫也不弯曲。意味着任性而行，绝不接受妥协。这里的"直"字说的正是这样的刚直。

　　"孤且直"如果可以按照上面的说法来理解，那么鲍照是想要通过内省自己的出身和性格来宽慰自己难以释怀的孤独感。在诗中提到了出身，诗人想要表达的是在重视出身的当时的社会中，他无可奈何，只能断念死心。这一点与左思的"地势使之然"之句所表达的心情是相同的。

在此作为问题想要特别提出的是，在左思身上没有看到的，通过反思自身性格而想要放弃的态度。觉察到自己因个性耿直而不为世间所容从而想要放弃的心境，与前述汉代作家想要依靠"所守"的态度虽然非常相似，却并不完全相同。

要说是如何不同，"所守"是以己之信念、圣贤之道、政治理想为内容，具有浓厚的通过研学和修养来获得的色彩，在这里几乎感觉不到其中有出自人的天性的意味。然而，此处所说的"直"（若是根据"孤且直"将"孤直"视作一个熟语来看，也可以是"孤直"），通过研学和修养来获得的色彩非常淡薄，而与生俱来的秉性的色彩却极为浓厚。因此，有"所守"并且想要依靠它的态度是信仰真理，坚守着某种抽象的东西到底。反省自己的"直"（或是"孤直"）而想要放弃的态度，是出于对自己本性的肯定，这两者之间有很大的差异。

顺应自己的天性行动，毋宁说是为此感到自豪，这种倾向自后汉末期起越来越引人注目。譬如，在建安七子之一的孔融身上，就可以看到这一点。

孔融，被称作"幼有自然之性"（《后汉书·孔融传注引家传》）、"刚直"（《后汉书·孔融传》）、"直情"（《后汉书·孔融传论》）。无论是"自然之性""刚直"还是"直情"，归根结底都是就他的不受束缚、言行随心来评论的。

有一些记述孔融这样性格的逸事流传了下来（《后汉书·孔融传》《魏志·崔琰传注》《世说新语·德行篇》），他本人似乎颇以这样的性格为傲，这从他所作的《杂诗》中的这句诗可知：

安能苦一身，与世同举措①。

所谓"举措"，是指行动和静止，这里说的是根据自己的意志为或不为，亦即一切的行为。然而此诗中的"举措"应该主要指的是日常的举止行动。与世俗的人们做出同样的举动令自己感到痛苦，我无法忍受折磨自己以迎合世俗。想要按照自己的个性而行，我的自由正在于此，他这样吟咏道。在这里可以看到他拒绝妥协的昂然的气概。据此，他全然不理会友人劝他改掉刚直之性的忠告，想必也是可以理解的。

像这样不拘小节、任性而行，并且以此自负的倾向，也是竹林七贤等所谓魏晋旷达之士出现的一个原因，而这最终也关系到鲍照诗歌中的态度。

那么无论是方才所引的以"泻水置平地，各自东西南北流"开头的这首诗，还是以"对案不能食"开头的这首诗，虽然都是在慨叹自己的不遇，但是在表面上并没有显露出丝毫悲泣的意思，只是在倾诉心中难以忍受的愤慨。因此我们可以感受到这两首诗在字里行间隐含着可

---

① "措"亦作"厝"。据《先秦汉魏晋南北朝诗》，《古文苑》《广文选》《诗纪》皆作孔融《杂诗》。逯钦立考证，"今此诗之句，李善数引皆作李陵，必有根据"，被编入《李陵录别诗》。

以称为傲慢不逊的情绪，这一点在"对案不能食"这首诗中体现得尤为显著。而从这首诗的"何况我辈孤且直"之句来看，我们可以察觉到诗人毋宁说是以此自豪的心情。清张玉穀在《古诗赏析》中将此句评价为"笔势仍自傲岸"①，想必也是认同于此。换言之，这既是出于我之性格，因而毫无办法，所以不但没感到不好意思，反而将错就错。如此，将己之"直"——非妥协性——引以为傲，这种态度与前文所述自东汉后期开始日益显著的任性而行并以此自负的倾向密切相关。

那么正如孔融直言"安能苦一身，与世同举措"那样，鲍照也将主张个性显露于表面吗？并不是这样。在"何况我辈孤且直"之句中，到底还是包含着悲伤之情。虽然原本就不喜欢个性被扼杀，但是因为这个而郁郁不得志，无论如何都令人悲伤。自己的不遇是因为出身与性格，因此毫无办法。虽然诗人一度在绝望之处看清此事，却因为对出身、性格的内省而越发深陷于孤独的泥淖无法自拔。这就如同水不得不各自向东南西北流去那样，可以说这正是人类的命运吧。这样循环往复没有穷尽的感慨就包含在这两句诗中。这也就是他在《代东门行》以下两句诗中所表达的那样的感情吧：

　　　长歌欲自慰，弥起长恨端。

在"泻水置平地"这首诗中诗人也指出，"心非木石岂无感，吞声踯

---

① 出自张玉穀《古诗赏析》卷十七。

躞不敢言",他一直都怀有这样复杂的感慨,或许只是无法将其言明罢了。

此外,关于鲍照的孤独感,笔者还有一点想要补充。"泻水置平地,各自东西南北流。人生亦有命"这样的思考方式,穷根究底的话,这就是,同样都是人,命运却各不相同,亦即人各有命。如果继续穷根究底,这就是,每个人都是个别的存在,同一个人无论如何也不可能变成两个人。鲍照是否思索到这里虽然是个疑问,但是他的思考却是朝着这个方向的,这一点是可以确定的。

今年并非去年,今日亦非昨日,也就是每时每刻都不同。这样的思考方式在晋人陆机的思想中似乎就已经出现了(参照第十三章),然而隐隐约约觉察到人与人生来不同,鲍照的思考大概是最早的。

在西晋左思之后又举出南朝宋鲍照之例,笔者是想阐述在鲍照身上能够看到与左思相同的、想要以出身的卑微来宽慰自己的孤独的努力。同时,也能够看到在左思身上所没有的,通过对自己性格的内省来宽慰自己的孤独的尝试。

第十二章 袁粲

　　下面要说的这篇作品非常特别，它将与众愚对抗、坚守孤独的艰难，以一种滑稽的方式表现了出来。这就是南朝宋时袁粲所作的《妙德先生传》，千百年前它就已经预言了在所谓民主主义泛滥的当代，卓识之士常要直面的孤独的苦恼。

　　《妙德先生传》是由约二百五十字写成的散文，前半段介绍"先生"这个人物，后半段记述的是先生对随从说的话。在这里要讨论的是后半段的故事，其梗概如下：

　　很久以前，有一个全国只有一口井的国家，那口井被叫作"狂泉"。因为国人全都喝这口井里的水，所以大家都疯了。只有国王是例外，单独挖掘了另一口井，从中汲水，因而得以保持正常。但是因为国人全都疯了，没疯的国王却反而被认为是疯了。国人聚谋的结果是：一起把国王抓住，想要帮他治好可怜的狂疾，火艾针药，竭尽所有的手段。国王因太过痛苦，无法忍受，终于走向狂泉，迫不得已舀了泉水一饮而尽。饮过狂泉之水，国王立刻就发疯了。就这样，国王和大臣都发疯了，民众终于高兴起来了。

妙德先生讲的故事就到此为止，接下来先生附上了这样的话：

> 我既不狂，难以独立，比亦欲试饮此水。

此句讲完，本传戛然而止。本文载于《宋书》及《南史》的袁粲传中，但是这是否就是《妙德先生传》的全文则无从得知。

妙德先生最后的文字表露了意识到自己无法与周遭调和而感受到的孤独。然而这份孤独感毋宁说是伴随着自豪的。这在坚信众人皆狂而自己一人清醒之处即可明白。要之，他的孤独是将自己高扬起来的孤独，从某种意义上来说就是孤高自负。然而那并不一定是令人愉快的东西。于是，玩笑也好，讽刺也好，他写下了"难以独立，比亦欲试饮此水"。

《妙德先生传》的作者袁粲是南朝宋时期的政治家和军人，南朝宋末年（477年），在他58岁的时候被诛杀。根据他的本传，本篇《妙德先生传》是他的自喻之作。换言之，他是以自己为原型创作了这篇《妙德先生传》。这样说来，本传中所记载的袁粲的性行和《妙德先生传》前半部分描写的先生的性行之间有很多相似点。如此说来，《妙德先生传》后半部分中呈现出的孤独感或许正可以看作袁粲自己的孤独感吧。

虽然有些偏题，但还是想就《妙德先生传》富于滑稽趣味的文体做一个附注。袁粲的叔父袁淑曾出仕于《世说新语》的编撰者刘义庆处，著有《俳谐记》（或作俳谐集、俳谐文）。从唐宋类书中被引用的佚文来看，当为富于滑稽趣味之作。因此，南宋王应麟、唐代韩退之等人，都试图将《妙德先生传》同《俳谐记》联系起来（《困学记闻·卷十七》）。在这里，笔者也怀疑袁粲的文体与其叔父袁淑的文体是否存在着什么关联。

这几章简要论述了因对周遭或时世的不满和抵抗而生发出的孤独感，这一类的孤独感有可能随着事态的变化而消解。之所以这么说，是因为随着周围环境的改变、时世的变迁，不满和抵抗的心绪完全有可能随着自己对周遭和时世的妥协而渐渐消失。然而，还有两类孤独感，一旦觉醒，那么在有生之年都无法消弭。其一是出于对生命脆弱无常的感叹，其二则是意识到人类归根结底是一个人独自生存的。在接下来的这一章暂且先来谈谈前者。

第十三章 陆 机

　　爱惜自己的生命是生物的本能，如果要追溯人类意识到生命无常的历史，或许就要上溯到人类最开始像人一样生活的远古了吧。这姑且不论，在古典作品中，言及人类生命最多的是庄子。庄子认识到了生命的无常，并且彻思如何超越于此。感知到了生命的无常，想要做些什么来超越它，可以说就是庄子的哲学吧。从不同的角度来看，也可以说这是对生命最为执着的态度。然而，不管做什么，庄子都想要理智地做出判断。庄子的思想极为深邃，虽然在某种意义上作为文学作品来看也是非常有趣的，但是总有些缺乏感情。全都依照理智来做判断，总会缺乏一些体悟人生、感叹人生的东西。因此他虽然将人生的短促与天地的无穷做了对比陈述，却是基于理据的，并不是对人生无常的慨叹。

　　现在能看到的最早的对于生命无常的感叹，果然还是在《诗经》当中。当然这不过是单纯的感叹，如接下来的诗句：

　　　死丧无日，无几相见。

乐酒今夕，君子维宴。

（《小雅·頍弁》）

《頍弁》共三章，每章十二句，上面的这四句诗是第三章的最后四句。这里的君子指的是什么人，参加这个君子之宴的又是什么人。答案不同，对这首诗的解释也就不同。然而在这里，姑且将它视作参加君子之宴的某个人的诗作来讲讲其大致的意思。这首诗讲的是衰乱之世，作者自觉衰老，并由此感受到了人生无常，于是即席歌吟自己今夕有酒，姑且作乐的心情。

到了《左传》中，这种心情就变得非常复杂。这就是鲁国孟孝伯所说的话：

人生几何，谁能无偷，朝不及夕，将安用树。

（襄公三十一年）

大意是：人的一生是有限的。在短暂的一生中，无论是谁都只能得过且过。朝不及夕的生命，为何需要为遥远的将来积善呢。在这里可以看到，他将生命的无常视作人类普遍的问题来把握，并且因为感受到朝不保夕而发出了沉痛的悲叹。孟孝伯是临近春秋末期、公元前6世纪时候的人，如果前面所引述的《诗经》中的诗句根据旧说假定是作于公元前8世纪前后，那么二者之间有两百年左右的间隔。

时代再往后推移，公元前1世纪，西汉中期的李陵在劝解苏武投降于匈奴时说了下面这句话：

> 人生如朝露，何久自苦如此。

（《汉书·李广苏建传》）

"人生如朝露"在如今已成为套话，几乎不带有任何感情，但是在两千年前的过去，在匈奴的领地，最初使用此语的李陵必定是怀着深切的感慨的。在李陵三四十年之后，杨恽击缶而歌，诗中唱道：

> 人生行乐耳，须富贵何时。

（《汉书·杨敞传附恽传》）

大意是：富贵的境遇确实可以随心所欲行乐，但是如果要等到拥有那样的地位，不知道还要等到何时。短暂的人生中，不必把那样的东西视作目标，作者只想要日复一日地行乐来度过这一生。

因为生命脆弱无常，所以只想要享乐地度过一生。在诗歌中最早吟咏这一旨趣的是《古诗十九首》中的两首。这里以其中一首为例：

> 生年不满百，常怀千岁忧。
> 昼短苦夜长，何不秉烛游。
> 为乐当及时，何能待来兹。
> 愚者爱惜费，但为后世嗤。

仙人王子乔，难可与等期。

　　大意是：人类明明无法活到百岁，却往往心怀千年之忧；不要做这样
愚蠢的事，夜以继日及时行乐就好。《古诗十九首》基本上被认为是作于西
汉与东汉之交，前面所引的这首诗，与杨恽的时代想必相去不远。

　　说起来，对人生无常的感慨可以通向各种各样的心境。然而无论
是杨恽也好，这首古诗也好，都出人意料地、轻率地变成了这样一种
靠贪图享乐来消除悲叹的心境。这些诗似乎还没能到达更深刻的地方。
例如，沉潜在深切的感慨中，忍受孤独的寂寞；或是从那里发现每时
每刻人生的真正欢喜；或是因为无常而认为人生本身就没有意义。从
这点来说，它们甚至不及前面引述的，见于《左传》中的孟孝伯的感叹，
甚至可以说，与《诗经》中所言：

　　蟋蟀在堂，岁聿其莫。
　　今我不乐，日月其除。

（《唐风·蟋蟀》第一章）

以及：

　　今者不乐，逝者其亡。

（《秦风·车邻》第三章）

也没有太大差异吧。以宏大的背景为内里，在其中把握人生的普遍性，深切地体会到它的无常，并且发出痛切感叹的作品到了晋代（3—5世纪）才开始出现。

将人生放在宏大的背景之内来把握有两种情况：其一是凝视在恒久的时间长河中飘荡着的人类，其二则是凝视在无限的宇宙的广阔空间内飘荡着的人类。到了晋代，从这两种立场出发，对世人进行凝视，深切感叹人生短暂无常的作品就出现了。前者有陆机（3世纪）的《叹逝赋》，后者有王羲之（4世纪）的《兰亭诗序》①。

首先，我想谈一谈陆机的《叹逝赋》。这篇赋在开头这样说：

> 伊天地之运流，
> 纷升降而相袭。
> 日望空以骏驱，
> 节循虚而警立。
> 嗟人生之短期，
> 孰长年之能执。
> 时飘忽其不再，
> 老婉晚其将及。

---

① 王羲之此文，初见载于唐人欧阳询的《艺文类聚》时即被称为《兰亭诗序》。斯波六郎显然是注意到了这一点，行文中始终以《兰亭诗序》相称。为尊重原文，译稿未做改动，故而与今日国内习称的《兰亭序》或《兰亭集序》有细微的差异。

大意是：日月运行迅疾，时节转瞬推移。在运行推移中，只有人类才无论如何都想要保有永久的生命吗？在这背后，隐含着的认识是：人类的生命也不得不受到万物变化的法则支配。接下来，隔了四句诗，诗人接着说：

> 悲夫！川阅水以成川，
> 水滔滔而日度。
> 世阅人而为世，
> 人冉冉而行暮。
> 人何世而弗新，
> 世何人之能故？
> 野每春其必华，
> 草无朝而遗露。

大意是：河流集合众多的水，而个别的水却时时刻刻流逝。时代集合众多的人，个别的人却接连不断死亡。因此，人无论在什么时代都是不断更新的，而世上也是无论什么人都无法得到一百岁、两百岁的长生。在原野上，每个春天都会绽放新的花朵，小草上的露水也只能停留一个清晨。

诗人在这里承认了河流的永久性、人类社会的永续性，而感叹了其构成分子的无常性。因此前面引过的感叹日月运行、时节推移的部分，也仅仅是就时时刻刻的时间而感叹的。感叹无常，实际上是承认了时间的悠久性。"野每春其必华"，花每春而变，是承认草木的永久性。这从将它与每朝消融的露水做对比可以看出。陆机接下来写道：

> 经终古而常然，
> 率品物其如素。
> 譬日及之在條，
> 恒虽尽而弗①悟。

大意是：就像人类接连不断地更替，花朵每年春天都绽放新的花朵那样，虽然能持续到永久，但是那绝不是同一事物持续生存到千年万年。然而，如果将各种各类的事物从整体来看，却又是不变地一直存续下去的，恰如在枝头绽放的木槿花，虽然一朵一朵都一定是朝开暮落的，但是如果将木槿花当作一个整体来看，却丝毫没有改变。

如果通俗易懂地解释上面这四句话，我想就是这样的意思。

就这样，陆机谛观着在永不停息的时间长河中的人类生命。根据序文可知，这篇《叹逝赋》是他 40 岁时候的作品。这篇赋大概是最早咏叹这样的谛观的作品吧。赋并不是就写到这里就结束了，但是就只引用到这里吧。

时间本身是很悠久的，然而那一个个具体的瞬间，在转瞬消逝之后却绝不会再回来，正如陆机在《短歌行》中所歌咏的那样：

---

① "弗"，一本作"不"。

时无重至，华不再扬。

人类社会虽然会永久地运行下去，但每个人的生命却会迅速地终结，绝不会再来第二次，这又正如他在《挽歌》中所感叹的那样：

人往有返岁，我行无归年。

"人"是生存着的人，"我"是不得不死的我。

既然每个人的生命都像这样无法重来，人类从这个世上离去就是永远的自我消灭吧。这是多么寂寞的事啊。而且这份寂寞是冥冥之中的，不是从谁那里得来的。就是这样濒临极限的寂寞感促使陆机写下了前面所引的《叹逝赋》中的诸句吧。

那么，陆机想要怎样从这种寂寞感中得到解脱，他在赋的结尾部分给出了答案。简要概括的话，那就是回归到"深刻体悟造物之理，将时之无常视若当然，虚静养生，遗忘世誉"上。

将人生的无常与天地的无穷对比来思考，在东汉张衡（2世纪）的作品中就已经可以看到了。那是本于庄子思想的、概念化的思考方式，与陆机的潜心沉思、细致入微的感叹相去甚远。

在此想要再提一句，在子华子的《神气篇》中有"子华子曰：今世之士，其无幸软。川阅水以成川，世阅人而为世。河之下龙门也，疾如箭之脱筈。人寿几何，而期以有待也"之句。加了着重号的两句与《叹逝赋》的句子完全相同。如果现存的《子华子》是先秦时期的文献，那么就是陆机使用了其中的文句，因此无论是这样的构思还是表现，都不是陆机的独创。但是，如果《子华子》是先秦文献，那么按理说，在文选《叹逝赋》的注中，李善必定会将它作为佐证来征引，然而李善并没有引用它。不仅如此，现存的《子华子》在《四库全书总目提要》中也被认为是后人伪作。不管怎样，我认为陆机的句子并不是从别处借用来的。以上附记本于清人张云璈在《选学胶言》卷八中提出的观点。

接下来，想要以王羲之的《兰亭诗序》为例，来论述谛观漂浮在无限宇宙的广阔空间中的人，去深切体味作品中的人生无常。

第十四章　王羲之

　　东晋永和九年（353年）三月三日，王羲之在他担任内史，也就是长官的会稽郡山阴县（现在的浙江省绍兴市）西南的兰亭，召集名士四十余人修禊事，举办曲水流觞之宴。《兰亭诗序》即在群贤各自作诗之际，王羲之亲自作的序。在这里，先对三月三日之宴稍作说明。

　　自古就有在三月的第一个巳日，亦即"上巳"，人们来到水边修禊，被除一年的灾厄的风俗习惯。根据《宋书·礼志二》，从魏时开始，这一习俗就不再拘于巳日，而是固定在三月三日举行了。另外，这项活动也逐渐演变成同时举办宴会的形式。例如，在《后汉书》的周举传中记载："（永和）六年三月上巳日，（梁）商大会宾客，宴于洛水……商与亲昵酣饮极欢，及酒阑倡罢，继以《薤露》之歌，坐中闻者，皆为掩涕。"因为《薤露》之歌是在葬礼上挽柩之人歌唱的挽歌，所以听说梁商在宴席上歌唱这个，周举就以"非其所也"加以非难（在其他文献中也能见到在宴席上歌唱挽歌的例子）。无论如何，从"酣饮极欢"的记载来看，那一日的行事，较之于修禊，宴会才是中心吧。

　　这样的宴会始于何时，是怎么传承下来的，又是另外的问题了。

王羲之在永和九年三月三日举办的宴会的形式应该是：宾客被安排在弯曲的水流岸边各处，拾起由上流顺流而下的酒杯，依次饮酒作诗。这就是所谓曲水流觞之宴。在三月三日宴上作诗的记载虽然见于南朝宋、南朝齐，但是在晋代之前却不大见得到。或许王羲之此时举办的正是最初的集会。

那么，回到主题上来，王羲之作于此时的《兰亭诗序》，见载于唐代欧阳询的《艺文类聚·卷四》、唐代张彦远的《法书要录·卷十》、以及《晋书·王羲之传》等。不过，在《世说新语·企羡篇》的注文中引用过王羲之一篇题为《临河叙》的文章。如果将内容试做比较，二者似乎都出自同一原文。由于《临河叙》只有《兰亭诗序》大约一半的长度，可知节略的程度要高。尽管如此，《临河叙》里仍然有四十字的记述不见于现存的《兰亭诗序》中。这样看来，现存的《兰亭诗序》可能并不是原封不动的原文，还是做了一些节略的。

可是，根据记载在《法书要录·卷三》中的唐代何延之的《兰亭记》，王羲之《兰亭诗序》的真迹有二十八行，三百二十四字。现存《兰亭诗序》有三百二十五字①，与何延之所言基本一致。如此一来，还怀疑现存《兰亭诗序》是节略本，未免显得不讲道理；但是，倘若谁也无法保证何延之所谓王羲之真迹一定为真，那么，这样的怀疑就不是全然没

---

① 流传较广的"定武拓本"《兰亭序》往往有"曾不知老之将至"一句，比冯承素摹本多出一个"曾"字，故而为三百二十五字。现如今，学界普遍认同，这个"曾"字乃"僧"字之讹误。今日本东京国立博物馆所藏吴炳所藏旧拓，能清晰反映出这里是个"僧"字，乃是南朝梁代内府鉴书人徐僧全的押缝书，而非《兰亭序》的原文。

有道理。

再者，这篇文章最初被称为《临河叙》，之后又被命名为《兰亭诗序》或者《兰亭序》。在《古文真宝后集》①中，《兰亭诗序》被题为《兰亭记》，置于"记"之类，这并不妥当。

《兰亭诗序》的要旨是感叹欢愉之无常，进而感叹人生本身之无常。参与集会的孙绰也在那时作了序文，在序中能够看到相同的旨趣，恐怕他们当日正是围绕着这个话题进行交谈的吧。如果可以任意想象，这或许是从关于人生问题的清谈发展而来的。在《世说新语》的言语篇中有西晋末期诸名士到洛水游玩清谈的记载。根据注中所引的《竹林七贤论》②，这似乎可以理解为是在修禊时常有的事。这样的话，想象王羲之等人在此时清谈也并非毫无根据。

王羲之在写给谢万的书信中说③，自己将汉代的陆贾、班嗣、杨王孙的处世态度视作理想。

陆贾是西汉高祖的功臣，在之后的惠帝的时候，他一旦感到自身有危险就立即赋闲在家，过起悠闲自在的生活。班嗣是西汉班彪的堂兄，崇尚老庄之说，栖迟山丘。同样，杨王孙也是西汉时人，学习黄老之术，以遗令裸葬而闻名。这三人都享尽天年。大概王羲之视作典

---

① 《古文真宝》，全名《详说古文真宝大全》，据传为宋代黄坚编纂，分为前后两集。

② 《世说新语·言语》："诸名士共至洛水戏。还，乐令问王夷甫曰：'今日戏，乐乎？'王曰：'裴仆射善谈名理，混混有雅致；张茂先论《史》《汉》，靡靡可听；我与王安丰说延陵、子房，亦超超玄箸。'"刘孝标《世说新语》注云："《竹林七贤论》曰：'王济诸人尝至洛水解禊事，明日，或问济曰："昨游有何语议？"济云云。'"

③ 《全晋文》作《与谢万书》，《汉魏六朝百三家集》作《与吏部郎谢万书》。

范的是这三人淡泊名利的态度吧。

诚然，这三人都规避名利，但物质生活却大致富裕安宁，也没有什么深刻的精神苦恼。因此他们学习黄老或是老庄思想，大体上不过是将其作为一种与俗世隔绝的生活形式来利用，至于说这对他们精神生活起到了什么深化提升的作用，则值得怀疑。

班嗣在桓谭提出想要借阅老庄之书时，拒绝他说，"何以大道为自眩也"，非难桓谭将老庄之学当作装饰之用的态度。然而在《汉书》叙传中可以见到，即便是说出如此之言的班嗣自身，恐怕也只是将老庄之学作为"荡然肆志"生活的借口来消遣欣赏吧。

而且，不仅仅只有班嗣和杨王孙是这样，除了极个别的人，在汉魏时期，一般喜好老庄之人都不过仅仅是在这个程度上理解、利用老庄思想的吧。之所以这样说，是因为在汉魏时期，虽然有作者轻易地在作品中堆砌老庄的言辞，但我怀疑他们不过是将老庄的思想作为概念的游戏，囫囵吞枣而已。

但是，与这些人相比，王羲之是真正用掌握的老庄思想深化自己的精神生活，反而产生了超越于老庄思想的识见。由此，他关于人生的感叹就从这种超越的心境中喷涌而出。我们在《兰亭诗序》中来看看这一点。首先征引中间部分的一节：

> 夫人之相与，俯仰一世，……虽趣舍万殊，静躁不同，当其欣于所遇，暂得于己，快然自足，曾不知老之将至，及其所之既倦，情随事迁，感慨系之矣，向之所欣，俯仰之间，已为陈迹，

犹不能不以之兴怀。

所谓"不知老之将至"，便是要将人生的无常彻底忘掉。将人生的无常忘得干干净净，只管尽情享乐，意味着心已倦怠，情亦改变，体现出了一种惆怅的情绪。倘若仔细玩味这种惆怅，那就是以往喜爱的东西，转眼就要变成陈迹。感叹它们的无常的惆怅，实际上就是感叹欢愉无常的惆怅。

王羲之的这个感叹，和魏曹丕以下的诗句虽然是相通的：

> 乐往哀来，怆然伤怀。

（《与朝歌令吴质书》）

> 乐极哀情来，寥亮摧肝心。

（《善哉行》）

但是与曹丕的一味感伤相比，王羲之的序文可以说是在经历了相当程度的理性思考之后的苦闷。

意识到欢愉无常而生的感慨，归根结底就是想到老之将至而生的感慨，这也是对人生无常的感慨。因此，序文接下来写道：

> 况修短随化，终期于尽。古人云：死生亦大矣。岂不痛哉。

漫说"向之所欣，俯仰之间，已为陈迹"，人类的生命虽说有长短之差，但最终不是都注定一死吗？这是直面人生的无常而感到的痛苦。

所谓"古人云"，指的是《庄子·德充符》篇中的：

> 仲尼曰，死生亦大矣，而不得与之变。

在《庄子》中，仲尼——也就是孔子——在说明王骀的心境时，说下了这样的话。大意是：死生之事，毫无疑问是大问题，但是因为王骀将死生一而视之，所以这样的事并不能使他的内心发生波动。然而王羲之在这里引用这句话想要表明的观点是：正因为死生是大问题，所以内心才不得不受到它的影响。

王羲之由欢愉无常联想到人生无常的感慨，乍看之下，与汉武帝《秋风辞》"欢乐极兮哀情多，少壮几时奈老何"的感叹似乎相同。然而，武帝慨叹的是欢乐不能持续到永远。倘若露骨地讲，是他感受到了以帝王之豪奢也无法战胜死亡的现实。这不过只是即席的感叹罢了。然而王羲之感叹的是一直以来盘桓在心中的、作为人生问题的生死的苦恼。

之所以会这样感慨于"陈迹"，痛心于"死生"，是因为无论如何也做不到"一死生"。本来，"一死生""齐彭殇"的说法（这样的说法将长寿与短命等同视之。"彭"是由据说活了八百年的仙人彭祖之名转变而来的。"殇"是指年轻时候就夭折了。在《庄子·齐物论》篇中有"天下莫大于秋豪之末，而泰山为小；莫寿于殇子，而彭祖为夭"之句。）由庄子首倡，其后，晋时喜好清谈者亦多言此。早于王羲之数十年，葛洪在《抱朴子》劝求篇中就说了：

> 俗人见庄周有大梦之喻，因复竞共张齐死生之论。

然而，这些俗人之论，是为了慰藉剪不断理还乱的烦恼的借口，还是仅仅是为了装作大彻大悟的夸示之语呢？作为人类，大概还是无论如何都做不到一死生吧。这样的思考就表现在《兰亭诗序》接下来的句子中：

> 每览昔人兴感之由，若合一契，未尝不临文嗟悼，不能喻之于怀。固知一死生为虚诞，齐彭殇为妄作。

大意是：得知古人创作时的心情，与我此刻的心情相同。读着古人的作品，感受到人生的无常，这悲伤之情难以释怀。因此明白一死生与齐彭殇之言不过是敷衍的妄诞之语罢了。

粗略来看是这样的意思。其中的"不能喻之于怀"可能会被理解为无法言说却又悲不自胜、没有缘由却又悲伤不止的意思，然而这却并不确切。在王羲之其他的文章中屡屡看到与此极其相似的表现。

值得注意的是上述引文中的这一句："固知一死生为虚诞，齐彭殇为妄作。"

说起来，老庄思想固然是超越了差别的世界，但对于身陷差别的旋涡中无法解脱的人类而言，却起不到任何救赎的作用。这样的思考方式并不是在王羲之的这篇文章中第一次出现。在王羲之创作这篇文章的若干年前，在刘琨所作的《答卢谌书》中就已经出现这样的想法了。刘琨因为国破家亡，知交不是遭遇不幸就是再难聚首。他想要在文章中倾诉这难以承受的哀愤之情，于是说：

> 然后知聃周之为虚诞，嗣宗之为妄作也。

在刘琨看来，老子、庄子、阮籍的言行荒唐恣意，对于现在郁积在自己心中的现实的苦恼来说，完全没有任何帮助。（参照第九章）

王羲之这种"固知一死生为虚诞，齐彭殇为妄作"的思考方式与刘琨不仅在观点上大体一致，在表现上也颇为相似。恐怕王羲之读过刘琨的那篇文章吧。

即便如此，也很难说刘琨与王羲之观点的性质完全相同。

刘琨的思考，因国破家亡的大变动而触发，产生于因难以忍受的愤慨和哀愁而感到的痛苦中。处于这样处境下的人，谁都有这样思考的可能性。与此相对，王羲之的思考则是在春日和畅中展开的。在眺望山水佳景之时，难以言说的哀愁油然而生，平素就怀有的疑惑在心中苏醒了。这不是眺望着同样美景的任何人都能想到的。

进一步说，刘琨的思考来自对兴亡、生死、离合这些人世间的无常的感伤，这是其一。其二则是破坏，说得更具体一些，是因自己适意的生活遭到破坏而产生的愤慨。这二者混合在一起才有了刘琨的思考。而王羲之则是因兴亡、生死、离合而不得不感叹，在其根源处是对生死问题的思考。

总而言之，刘琨的思考主要来自激烈而冲动的苦恼，而王羲之的思考则主要来自沉思的苦闷。可以说在王羲之的思考方式中，存在着可以称之为执拗的深刻性。

虽然稍稍有些偏题，但是对"一死生"这样老庄式的思考方式的怀疑，存在着刘琨和王羲之这两种不同的趋向。在唐代李白的诗中也可以见到其中一种。李白在《月下独酌·其三》中写道：

> 穷通与修短，
> 造化夙所禀。
> 一樽齐死生，
> 万事固难审。

大意是：是遭逢不遇，还是欣享成功；是享有高寿，还是短命夭折。这些在出生之前，就已经由造化决定好了，因此怎么做都无济于事。人生的一切事本来就都是不可知的，所以不要闷闷不乐，还是在一杯酒中酩酊大醉为好。对人类而言，最大的问题就是生死，只要一醉，就能够同一视之，愉快无比。

如果继续追问李白这首诗的含义，那就是老庄之言不过是空论，超越生死实际上也只有在醉境中才能实现吧。

归根结底，这是对老庄的思考方式的怀疑，甚至可以说是否定。可以说，李白放弃了从正面解决，对此也不抱任何期待。与这样的态度相比，刘琨与王羲之可以说是认真地、正面地面对了这一问题，并因此产生了苦恼。

此外，谢安作于兰亭集会的诗中有下面这句诗：

> 万殊混一象，安复觉彭殇。

虽然在宋代葛立方的《韵语阳秋·卷五》中记载王羲之是因为反对谢安的观点而写下"一死生为虚诞"①，但是事实却未必如此。为什么这么说呢？这是因为在《法书要录·卷十》中收录的王羲之的书信中就有文字评价庄子为"诞谩"②，由此可知他曾屡屡批判庄子。

留意王羲之心里的苦恼，再回过头来看位于序文中间、在前面所引三处引文之前的一段话：

> 是日也，天朗气清，惠风和畅，仰观宇宙之大，俯察品类之盛。所以游目骋怀，足以极视听之娱，信可乐也。

这部分内容如果只是略读一过，就会理解为讲的只是享受清和春日景致的风流，也就是享受东坡所说的"造物者之无尽藏"③的心情吧。

---

① 《韵语阳秋·卷五》(学海类编本)："谢安五言诗曰：'万殊混一象，安复觉彭殇'，而羲之序乃以'一死生为虚诞，齐彭殇为妄作'，盖反谢安一时之语耳。而或者遂以为未达，此特未见当时羲之之诗尔。"

② 《法书要录·卷十·右军书记》(丛书集成初编本)："漆园比之，殊诞谩如下言也。"

③ 苏轼《前赤壁赋》。

然而，如果想起前面论述过的王羲之心中的苦恼，再加上对"仰观宇宙之大，俯察品类之盛"的玩味，一定可以明白，这并不只是欢快的游乐的心情。之所以这样说，是因为诗人特别举出了宇宙之大与品类之盛，想要表达的是感受到人类是多么的渺小的意思。这恰似东坡所说的"渺沧海之一粟"①，即便只是朦胧的感觉，诗人也还是觉察到了吧。

因此，前面所引的这一小段话，实际上暗含着对于人类的无常的感伤。在王羲之的《与会稽王笺》中有下面这句话：

今虽有可欣之会，内求诸己，而所忧乃重于所欣。

虽然是就时事而言，但即便是欣赏景物，恐怕诗人也是这样的态度吧。

假若果真如此，就不能忽视"信可乐也"一句在欣赏上天赐予的美景的表层意义之下所暗含的因为人生无常而小心翼翼地享受体味每时每刻的意义。因此，正是潜藏在其中的深层意义终于在诗序的"夫人之相与，俯仰一世"一句之后浮出了表面。同样作于此时的、王羲之的以"仰视碧天际，俯瞰渌水滨"开头的诗，与这一段文字的主旨大致相同。

在广阔的宇宙之中谛观人类。与王羲之大致同时的罗含在《更生论》中引述了向生②之言，在他的话中也可以看到这样的谛观：

---

① 苏轼《前赤壁赋》。
② 向生，指向秀。

天者何，万物之总名；人者何，天中之一物。

此外，在戴逵《释疑论》中也可以见到类似的论述：

　　夫以天地之玄远，阴阳之广大，人在其中，岂唯稊米之在太
　　仓，毫末之于马体哉。

但这些都仅仅是从道理上来谈论的，而不是借此来感叹人类的渺小。

以上是通过《兰亭诗序》来研究王羲之对于人生无常的慨叹。感叹人生无常之心，与对死亡的忧愁是相通的。

本来，"死"这个自然规律就是对人类想要活下去的欲望的否定。当人类遭遇"死"的自然规律的否定时，周围的人对此亦无可奈何。这归根结底与这个人受到周围的排斥是相同的。因此，所谓死亡的忧愁，无非是将即将离开这个世界的自己与所有的人隔离开来审视。将自己和周围隔离开进行审视，其实就是沉浸在孤独感之中。这样来看，《兰亭诗序》虽然在表面上没有表明孤独感的文字，但我们可以认为它全篇都充斥着孤独感吧。

以上是将从屈原到王羲之的作品中的孤独感，分成由境遇而生和由生命无常而生的两类来进行考察的。在这之后，深切体味这两种孤独感，并将它们巧妙地在诗歌中吟咏出来的诗人终于出现了。这就是陶渊明。

第十五章　陶渊明

陶渊明(4—5 世纪)是生活在东晋中期至南朝宋初期的人。在他中年以后，社会越发动荡不安，是一个野心家暗中筹谋，充斥着虚伪的时代。陶渊明天性喜好闲适，尤其厌恶当时充斥着虚伪和诡谋的社会，也常常感到人生的无常。

可以说，陶渊明的诗基本上都源于这样的孤独的生活，但是这些流露出孤独感的作品又可以分为两类：以因无法与社会调和而生的孤独感为主的作品和以感叹人生无常的孤独感为主的作品。

首先来谈谈因无法与社会调和而生的孤独感。在《杂诗·其八》中有：

> 代耕本非望，
> 所业在田桑。
>
> 躬亲未曾替，
> 寒馁常糟糠。

岂期过满腹，
但愿饱粳粮。

御冬足大布，
粗缔以应阳。

正尔不能得，
哀哉亦可伤。

这里感叹的是明明竭尽全力在耕作和养蚕了，却还是常常缺衣少食。《孟子·万章篇下》中有"禄足以代其耕"，《礼记·王制》篇中也有几乎完全相同的记载，"代耕"一语应该出自此，意思是获得俸禄。

为什么会过着这样贫困的生活呢，诗人接下来说：

人皆尽获宜，
拙生失其方。
理也可奈何，
且为陶一觞。

这里感叹的是，为何逃离不了这种贫困的生活呢？这是因为其他人都做得很好，只有自己笨拙不会谋生。这个"拙"字，是巧拙的拙，含有笨拙的意思。另外，这也和《归园田居》：

> 开荒南野际，守拙归园田。

中"守拙"的"拙"同样，有淳朴的意思，表现的是对机巧的反对。

因此，此处的"拙生"在表面上说的是自己不善营生，是陶渊明对这样的自己的审视与自嘲，但是所谓不善营生实际上是站在巧于钻营的人的立场上来看的。对于陶渊明自身来说，指的是毫无机巧、淳真朴实的态度。因此，"拙生"也表现的是自己的毫无机巧、淳真朴实。在自嘲不善营生的陶渊明的心中，也隐含着对自己弃绝机巧、淳真朴实的自负吧。

另外，从"拙生失其方"这一句诗来看，诗人过着贫困生活也是理所当然的。因为是理所当然的，所以无可奈何。这就会演变成"不管怎样，且酌一杯"的心情——这就是最后两句"理也可奈何，且为陶一觞"的意思。

像这样，陶渊明自嘲着放下执念，凝视着与世俗不能调和的自己。

东汉张仲蔚，隐居不仕，断绝交友，善属文，好诗赋，安贫乐道，居处杂草繁茂足以没人。此事见于西晋皇甫谧《高士传》。陶渊明的《咏贫士·其六》便是以张仲蔚为主题的。前六句叙述张仲蔚的孤独生活，接下来说：

> 此士胡独然，
>
> 实由罕所同。
>
> 介焉安其业，

所乐非穷通。

　　这四句诗表达的是自己同与世俗隔绝、不求穷通的张仲蔚心境一致。在最后，陶渊明用下面的诗句表明自己的心境：

人事固以拙，聊得长相从。

　　这一句讲的是，倘若想要与世人合拍，做到八面玲珑，那么委屈求全就是必须的，玩弄诡计也是不可避免的。做不到这些的自己，还是想要效仿张仲蔚那样的生活。
　　像这样无法与世间调和的状态，陶渊明自己也承认是性格使然：

性刚才拙，与物多忤。

（《与子俨等疏》）

　　诗人就这样直截了当地说了出来。至于说为何不能调和，那就是对机关算尽、虚伪遍布的社会的拒斥。下面的这些诗句表明了这一点：

道丧向千载①。

（《饮酒·其三》）

---

① 一作"岁"，《先秦汉魏晋南北朝诗》《陶渊明集笺注》《陶渊明诗笺证稿》皆作"载"。

世俗久相欺。

举世少复真。

（《饮酒·其二十》）

我们在《庄子》中经常可以看到"真"，陶渊明虽然也经常使用，但他指的是脱离了一切造作和拘束的自然淳朴的世界和心境，说得极端一些，就是指断绝了私利的世界和心境。

接下来谈谈这两种类型中的后一种，也就是因感叹人生无常而产生的孤独感。以《己酉岁九月九日》中的这句诗为例：

从古皆有没，念之中心焦。

为何想到死就会"中心焦"呢？因为死是自己永远的消亡，而自己永远的消亡指的是将自己和所有的事物都永恒地隔绝开。此外，在《杂诗·其三》中说：

荣华难久居，
盛衰不可量。
昔为三春蕖，
今作秋莲房。

严霜结野草，

枯悴未遽央。

日月还复周①，

我去不再阳。

眷眷往昔时，

忆此断人肠。

这里讲的是，野草上落了严霜，虽然会枯萎，但是绝不会死亡，等春天到了还会变得郁郁葱葱。虽然日月周行不殆，但自己一旦死去却绝不会复生。想到这里就让人觉得非常寂寞，不由得忆起往昔之事，悲痛欲绝。悲痛欲绝的哀愁无法向谁倾诉，即便倾诉了，也不能被完全理解。

陶渊明作有题为《形影神》的一组诗。形也就是身体。形对影，也就是人的影子说："因为人生无常，所以还是饮酒消愁为好。"影回答说："应该行善度过一生。"听到了形与影的问答，神，也就是精神，在最后出场教诲它们说："喝酒使人寿命缩短，行善也无人褒扬。还是纵浪大化，听凭天命为好。"这组诗由这样的结构组成。下面的一节就是形，亦即身体所说的话。

天地长不没，

①　"还复周"，《先秦汉魏晋南北朝诗》《陶渊明集笺注》《陶渊明诗笺证稿》皆作"有环周"。

亲识岂相思。

但余平生物，

举目情凄洒。

　　虽然在人死后的短时期之内，其他人会悲伤并怀念他。但过了一段时间，大家就会忘记他。毕竟不过是一个人而已，即使少了这个人也没什么大不了，就连亲戚朋友也不会再回忆起他，剩下的就只有死者使用过的物品。看到这个，我（形）的心情开始变得悲伤——这与兼好法师①所说的"怀念的人在世时聊复尔尔，这样的人不久也故去，只能听到传说的后世子孙，又何来真切的哀伤和思念呢?"②十分相似。在这样的思考方式中，潜藏着为自己将要永远消亡而感到的寂寞的心情。

　　痛切地感受到自己终究还是要孤零零地与这个世界诀别之时，人类采取的生活态度大体分为两类。其一是正因为人生无常，所以想要尽可能地每时每刻都过得有意义；其二是因为人生无常，所以尽可能地每时每刻都满足本能的欢愉。前者是肯定的、积极的态度，后者是否定的、消极的态度。在前述汉代的《古诗十九首》等作品中表现出来的态度属于后者，与此相对，在陶渊明下面的两首诗中表现出来的态度则属于前者。

---

① 吉田兼好(1283—1350)，日本南北朝时期歌人，著有《徒然草》。

② 《徒然草》第三十段。

忆我少壮时，

无乐自欣豫。

猛志逸四海，

骞翮思远翥。

荏苒岁月颓，

此心稍已去。

值欢无复娱，

每每多忧虑。

气力渐衰损，

转觉日不如。

壑舟无须臾，

引我不得住。

前途当几许，

未知止泊处。

古人惜寸阴，

念此使人惧。

（《杂诗·其五》）

"壑舟"本于《庄子·大宗师》，虽然本义为藏于沟壑之舟，但是在这里意为在不知不觉中过去的时间。陶侃是陶渊明的曾祖父，位至西晋的大司马，他常常说：

> 大禹圣人，犹惜寸阴。至于凡俗，当惜分阴。

（《世说新语·文学》注引《晋阳秋》）

陶渊明诗中的"古人惜寸阴"，恐怕正是承陶侃之教。他之所以念此惊惧警醒，是因为怀有时时刻刻都要过得有意义的自觉。

> 人生无根蒂，
> 飘如陌上尘。
> 分散逐风转，
> 此已非常身。
>
> 落地为兄弟，
> 何必骨肉亲。
> 得欢当作乐，
> 斗酒聚比邻。
>
> 盛年不重来，
> 一日难再晨。
> 及时当勉励，

岁月不待人。

（《杂诗·其一》）

　　结尾的四句从前被刊载在小学和中学的教科书上。在"不要偷懒，学习吧"等说教材料中也经常使用。但是实际上它的意义并不是那么偏狭死板，它包含着更加广阔、丰厚的意义。这一点从这句诗前面的"得欢当作乐，斗酒聚比邻"中可以知晓。即便如此，它也并不是"盛年无二度，饮酒且寻欢"那样轻率地讴歌享乐的作品。

　　说起来，无常和短暂，并不是只意味着生命的消逝，它也意味着一刻一刻的时间在转瞬之间就流逝了，永远都不会再回来。意识到这一点的人，即便是时时行乐，也难以轻易解脱吧。我想就是这样的心情演化成了"及时当勉励"之句。"勉励"一语，虽然可以马上联想到学问、道德、工作之类，但是在此处是劝人行乐的意思。这当然不是劝人过醉生梦死的生活，而是劝诫世人，既然明白了时之无常，就不要再逃避。这一句诗有着严肃的余音。

　　正是因为意识到了一刻一刻的时间，既无法挽回也无法改写，所以才想要将这既无法挽回也无法改写的一生过得有意义。如果意识到了这一点，就可以从容地接受这流转不息的"相"。在前面引过的《形影神》中，作者让神，也就是灵魂，说出了这样的话：

纵浪大化中，

不喜亦不惧。

应尽便须尽，

无复独多虑。

在题为《岁暮和张常侍》的诗中，陶渊明也吟咏道：

穷通靡攸虑，憔悴由化迁。

这些都是在歌咏这种心情吧，特别是在《饮酒·其十一》中有下面
这两句诗：

客养千金躯，临化消其宝。

在时间的流逝中好好奉养身体，对最终到来的死也打算老老实实
地接受。这一句诗将这样的心情充分地表现了出来。

大凡人类的心境达到很高境界的时候，并不是与世俗世界完全隔
绝，变成天上的人，而是尽管身在世俗世界，却如天人那样呼吸。而
如天人那样呼吸也不是呼吸天上送来的空气，而是原封不动地呼吸着
世俗世界的空气。陶渊明由感叹无常，到达"应尽便须尽"的心境，并
不是"奚觉无一人"这样的寂寞感已经消失了，也不是从"念之中心焦"
这样的烦恼中彻底解脱出来了。寂寞仍是寂寞，烦恼也还是烦恼，体
味着这些，又超越了这些，才能到达旷达地谛观自己的烦恼的境界。
因此，即便是在达到那个境界之后，他也还是会歌咏出寂寞与苦恼之

诗。这绝不矛盾抵牾。如果既没有寂寞也没有烦恼，那么谛观就无法在这期间成立，也就无所谓觉悟了吧。

从理论上来说，陶渊明这样坦率地接受死亡的心情，虽然与前述陆机《叹逝赋》结尾部分的主旨大致相同，但是与陆机偏向抽象的思考方式相比，陶渊明的思考则有着具体的、体验的感觉。

关于陶渊明的孤独感，接下来想要论述的是因坚守自己的本性而产生的孤独感。

以上是从与社会无法调和而产生的，和因感叹人生无常而产生的这两个方面论述了在陶渊明诗中所能见到的孤独感。接下来要谈的是，虽然植根于与社会无法调和和对人生无常的感叹中，却超越于此，从认识到本真的自己归根结底是孤身一人的认知中诞生的东西。对于陶渊明来说，所谓本真状态的自己，就是坚守自己本性的姿态。

《饮酒·其十六》中有：

> 少年罕人事，
> 游好在六经。
> 行行向不惑，
> 淹留遂无成。

大意是：虽然花了很长的时间来研习学问，但我的志向至今也没有达成的迹象。学问甚至反而成了自身的敌人。诗人接下来说：

竟抱固穷节，

饥寒饱所更。

敝庐交悲风，

荒草没前庭。

　　虽然在学问上耗费了大量的时间，但是到头来还是只能坚守固穷之节，过着贫穷的生活。"固穷"的意思是固守穷困。"节"是节操，坚守信条和理想的意思。此处的固穷之节成了陶渊明精神生活的支柱。诗人接着说：

披褐守长夜，

晨鸡不肯鸣。

孟公不在兹，

终以翳吾情。

　　"孟公"是西汉陈遵的字。据说他嗜酒，有宾客造访则喜。客来即闭门，并将客人的车辖卸下，不轻易让他们回家。此事见于《汉书·游侠传》。

　　另外，诗人在题为《癸卯岁十二月中作与从弟敬远》的诗中写道：

寝迹衡门下，

邈与世相绝。

顾盼莫谁知，

荆扉昼常闭。

凄凄岁暮风，

翳翳经日雪。

倾耳无希声，

在目皓已洁。

劲气侵襟袖，

箪瓢谢屡设。

萧索空宇中，

了无一可悦。

　　"箪"是竹子做的盛饭的容器。"瓢"是盛喝的东西的容器。在《论语·雍也》中，孔子称赏弟子颜回说："一箪食，一瓢饮，在陋巷。人不堪其忧，回也不改其乐。"然而，孔子自己却是连箪食瓢饮都不可得的。可称为陶渊明自传的《五柳先生传》中也有"箪瓢屡空，晏如也"之句。"箪瓢谢屡设"，特意用箪瓢空设来表现食物常缺。诗人接下来写道：

历览千载书，

时时见遗烈。

高操非所攀，

谬得固穷节。

在书中见到的古人高尚的节操高不可攀，自己却侥幸得到了"固穷节"。诗人在此之后又继续写道：

平津①苟不由，

栖迟讵为拙。

寄意一言外，

兹契谁能别。

"平津"指的是西汉的平津侯公孙弘。他奉养贤士，又非难曲学阿世、欺世盗名之徒，关于公孙弘的记载见于《史记》《汉书》。

倘若能够倚赖平津侯这样的实权者，也许也会想要立身扬名，但是因为自己全然不谋求那些，所以这样过着隐居生活也是理所当然的，因此并不觉得这就是不善处世。在这首诗中包含了作者这样的心情。对我与我心的盟契的坚守，除了你之外无人能够理解吧。②

前面所引的两首诗中，后者是陶渊明 39 岁时之作，前者大概也作

---

① 平津，斯波六郎此处解释为平津侯公孙弘，也可理解为大路、坦途。

② 出自《古今和歌集·春歌上》纪友则所作的和歌《梅の花を折りて人に贈りける》，原文为："君ならで 誰にか見せん 梅の花 色をも香をも 知る人ぞ知る。"大意为：这枝梅花除你之外还能给谁看呢，无论是颜色还是香气，能够理解的只有你了吧。

于那时。在这两首诗中都使用了"固穷"一语，在其他诗中也至少使用了两次。"固穷"似乎已成为陶渊明精神生活上的信条。故而在此对"固穷"一词稍作一番考证。

在题为《有会而作》的诗中，陶渊明将"固穷"与"斯滥"对比来使用，可知这显然是从《论语·卫灵公》篇的"君子固穷，小人穷斯滥矣"一语而来。这样一来，陶渊明的"固穷"之语都可看作出自《论语》吧。

不过《论语》中的"固穷"，在古注，也就是魏何晏的《论语集解》中，被解作"固亦有穷时"；在新注，也就是南宋朱子的《四书章句集注》中，也是如《论语集解》那样注解，只是附记上"程子曰：'固穷者，固守其穷。'亦通。"如果依从程子之说，"固穷"就应当训读作"穷に固くす（固守其穷）"，然而程子之说并不通行，一般仍被训读作"固より穷す（固然有穷）"。因此我在旧著《陶渊明诗译著》（《陶淵明詩訳注》，昭和二十六年［1951 年］，东门书房）中，姑且都将陶渊明的"固穷"解作"固然有穷"之意。然而如果仔细吟味陶渊明的用法，总觉得有些不太恰当，因此在旧著中附记"陶渊明或许是将'固穷'用作'固守穷困'之义"。

提到"固穷"语意的分歧，实际上还有其他棘手的用例。比如，在东汉班彪《北征赋》、晋左思《白发赋》、晋葛洪《抱朴子·诘鲍》等文中出现的"固穷"，以及在后世唐代李贤注《后汉书·冯衍传》中使用的"固穷"。

从古代典籍的一句中提取出两个字组成一个词，使这个词包含原文一整句的意义，这种手法，文人，特别是六朝文人常常使用。如果考虑到这一点，前面所举《北征赋》和之后的用例，就没有什么不通之处。然而我总觉得有些不太恰当。在这些用例中，"固穷"也都是解作"固守穷困"更为妥当。《抱朴子·诘鲍》的用例尤其如此。

当然，在这样的情况下，如果采用程子之说，大体可以顺畅地阐释文意，然而这并不是利用后人之说去寻根溯源。我素来留意寻找恰当的《论语》的旧说，但终究是徒劳无功的。

在清代，刘宝楠在《论语正义》中说"固穷者，言穷当固守也"，与程子之说大体相同。而且他引用了《荀子·宥坐篇》中的"尸子曰：守道固穷，则轻王公"，以此作为依据。

刘宝楠就这样证明了"固穷"应当理解为"固守其穷"。的确，尸子之文无论如何也不能理解为"固然有穷"，这真是非常好的旁证。

因此，载于朱子附记中的程子之说或许本来就是古来之说的遗响。这样考虑的话，陶渊明将"固穷"用作"固守其穷"，或是"在穷困之际固守其穷"，也是可以的。

倘若像以上这样对"固穷"的语意穷根究底的话，就不得不提到吉川幸次郎博士所著的《陶渊明传》。他在这当中就将"固穷节"高明地训读作"固守贫穷之节"，实在是令人深深敬服于他的学识。

如上所述，陶渊明所使用的"固穷"一语，既有"固守穷困"的意思，也能理解为"穷亦固守"的意思。无论如何，具体说来，就是不屈服于贫穷，坚守自己的信念和主张。反过来说，就是不会因为不堪忍受贫穷，而改变自己的信念和主张。陶渊明所说的"困穷"，虽然大体是指贫穷，但是只要舍弃主张和信念，圆滑处世，就可以脱离贫穷吧。如果不这样做，那就是"固穷"。

这样说来，陶渊明是怀抱着"固穷节"，内心没有丝毫的动摇，如枯木死灰一样平静地忍受着贫困吗？

如果他的内心真的能如同枯木死灰一般平静，恐怕歌咏"固穷节"的诗歌就不会诞生了吧。然而事实上，陶渊明之所以在诗中屡屡歌咏坚守"固穷节"的自己，正是因为不得不依靠这样的信念来克服冻饿。顾视自己的身影，诗人感到了难以言表的寂寞。

在前面所举的两首诗中，这种寂寞被强烈地表现了出来。另外，以"清晨闻叩门"一句开头的《饮酒·其九》中，也淋漓尽致地表现出了想要坚守到底的孤独感。

坚守"固穷节"，在广义上可以说是对坚守本真状态的个性的坚持。相较于因为无法与周围调和而生发出的孤独感，以及感叹人生无常而生发出的孤独感，这种在以本真状态屹然而立的心中涌出的孤独感似乎还伴随有一些别的孤寂心绪。倘若将前面所引的"竟抱固穷节"以及"谬得固穷节"两句，各自放回到原诗中的位置上仔细玩味，恐怕自然就可以明白了吧。

玩味这两句诗，我们感受到的寂寞，可以说，与看到以本然姿态巍然耸立的高山，因自身之高而萦绕着难以言说的寂寞的感受十分相似。

接下来我想要就陶渊明对孤独感的表现方式略作论述。它有两个特色：其一是屡屡提出自己的"形"，其二是表示这种孤独感难以付诸语言。

关于歌咏凝视自己的"影"而品味孤独感的诗句，已经在前面论述西汉严忌、东汉蔡琰、西晋左思的时候涉及过。除此之外，将自己的"影"写入诗中，在唐代李白、杜甫的作品中也可以找到。但是，真的深深地陷入自己的影子中，令人感受到无尽悲悯和无限条韵，在陶渊明的作品之外恐怕还真是没有了吧。

欲言无予和，挥杯劝孤影。

（《杂诗·其二》）

偶有名酒，无夕不饮①，顾影独尽，忽焉复醉。

（《饮酒序》）

春服既成，景物斯和，偶景独游，欣慨交心。

（《时运序》）

这三篇作品虽然创作时间有先后之别，并非作于一时，或是"挥杯劝孤影"，或是"顾影独尽"，抑或是"偶景独游"，但都不是只在某个瞬间将目光停留在了自己的影子上，而是在某个时段里，持续地将影子视为一个对象。由此可以推测出，陶渊明经常将自己的影子视作唯一的同伴，而且甚至可以想象出，他将影子视作对象，小声耳语着些什么吧。

此外，前面引过的《形影神》组诗，全篇采用拟人手法，以问答体贯穿始终。这固然在结构上值得注意，但是将自己分成形、影、神三

---

① 斯波原文作"无不夕饮"，据《陶渊明年谱》《陶渊明诗笺证稿》《陶渊明集笺注》《陶渊明集》等，当作"无夕不饮"。

者客观地来审视，这种做法也值得注意。在下面四句诗中，诗人以影之口，讲述影与形是不能分离的伙伴。

> 与子相遇来，
> 未尝异悲悦。
> 憩荫若暂乖，
> 止日终不别。

包括前面这四句，影的话由十六句组成，结尾四句是：

> 立善有遗爱，
> 胡为不自竭。
> 酒云能消忧，
> 方此讵不劣！

诗人主张行善。这虽然有些许像道德之"影"（参照第七章），但是如果结合这首诗的整体来看，仍然与陶渊明诗中其他的"影"相同，只能解释为文学之"影"。

因此，陶渊明对影的关注是非常深切的，这与仅仅在某个瞬间凝神注视自己的影子，在程度上有着相当大的不同。

如果把"我"看作 A，把凝视着影子的"我"看作 A′，把被凝视的影子看作 A″，那么，所谓的通过凝视影子而得到安慰，就是从 A 当中分立出 A′和 A″，A′和 A″得以亲密交谈，A 从中获得满足感。如果想象一下独自一人大声地唱歌，自己沉浸在自己的歌声里的那种心理状态，就可以更加明白吧。

笔者在某一年的夏天去了出云的立久惠峡①。那里虽然并没有耶马溪②那样豪迈壮大，但是我还是尽兴玩赏了清流两岸山崖壁立的景致。在那里虽有两三家旅馆，却并无一间民家，别有天地在山中。

笔者在那里留宿的时候，碰巧一位其他的客人也没有，完全是与世俗隔绝的静寂之境。可是，在清晨的片刻，有一位女佣一边高声歌唱，一边开始打扫，于是那片静寂被打破了。那歌唱，像是自己听着自己的歌声入神，令人神往。居住于山中之人的寂寥在歌声中得到安慰，委实令人感动，笔者也一直侧耳倾听着那个歌声。

在这种场合下，如果将那个女佣当作 A，唱歌时的女佣当作 A′，唱的歌曲当作 A″，A′和 A″由 A 生出，A 对 A′与 A″的亲密融合感到满足。

我写下这段话并不是想要说山中住着的年轻女子的心境与陶渊明相同，而是为了便于理解陶渊明将影子视作对象来安慰自己的孤独这样的心理状态，才举出一个生活中的例子加以说明。

陶渊明对于自己的影子怀有很深的兴趣。常常将它视作同伴，虽然这是他常常感到孤独寂寥的表现，但是将自己的影子视为同伴来安

---

① 立久惠峡，位于岛根县出云市，因为景致与耶马溪相似，也被称为"山阴耶马溪"（岛根县属于日本山阴地区）。
② 耶马溪位于日本大分县西北部，是熔岩高地经山国川等河流侵蚀而成的溪谷。

慰自己的寂寥的这一行为令人想到，对于人类，"绝对的孤独"是无论如何都不可能的吧。

接下来，我想要谈谈陶渊明所说的，很多东西无法诉诸言语这一问题。

人类一旦有了不知如何是好的事，就会想要说给谁听。但是，假如将它说给谁，对方真的能够完全明白自己的心情吗？对方无法明白，原因之一固然是对方的内心状态，但是另一原因则是说话一方的言不尽意。言不尽意，并不是说说话一方是擅长还是笨拙，而是语言自身的宿命。在这个意义上，可以说语言一定伴随着虚伪吧。这个虚伪，并不是蓄意的虚伪，而是由语言自身所带有的、宿命般的不完全性生出的，是迫不得已的虚伪。

欲言无予和，挥杯劝孤影。

这句诗前面也引到了，歌咏的是在秋天的长夜漫漫中无法入睡，独自沉浸在思虑中的状态。思虑的内容则在下面的诗句中吟咏了出来：

日月掷人去，有志不获骋。
念此怀悲凄，终晓不能静。

虽然不知道这里的"不获骋之志"具体指的是什么，但是诗人由此陷入苦恼而有了倾诉欲望却是可以确定的。

想要诉说，但是却"欲言无予和"，而不得不放弃，这又是为何呢？或许是因为在深夜，身边并无他人这样单纯的原因吧。但是即使真的有谁在那里，恐怕也无法诉说吧。

"无予和"之"和"是和谐、唱和、融和之"和"，它只有在两者之间达到完全一致的、共通的境地时才会成立。因此，以这个"和"为主，无论是用作"能否回应"，抑或是"能否成为伙伴"的意思，都始终伴随着它的本质。这一点，与同样是回答意思的"答"——回答——有区别，与"应"——表现出反应——也有区别。这样来看，"欲言无予和"只能是我的思虑无法被理解的意思。

不过，正如前面说过的那样，不能完全被理解，也并不只是对方的责任，也与语言宿命的不完全性、虚伪性相关。

明明"欲言"却又不能倾诉的人，就这样与他人断绝了联系，心中涌出深切的孤独感也是理所当然的。正是因为涌出了不堪忍受的孤独感，才有了"挥杯劝孤影"之句。

"欲言无予和"之句，与早于陶渊明一百多年的西晋张华所作的《杂诗》有着相同的立意：

伏枕终遥昔，寤言莫予应。

恐怕陶渊明的这句诗正是本于张华吧。不，不只是这一句，这一句所在的整首诗也是本于张华那一句所在的整首诗吧。但是如果将陶渊明的这句诗与张华的那句诗比较着来玩味的话，两者的心境有深浅之别。

《饮酒·其五》中有名句：

> 采菊东篱下，悠然见南山。

这句之后接着说：

> 山气日夕佳，
> 飞鸟相与还。
> 此中有真意，
> 欲辨已忘言。

"此中"的"此"，包含了在傍晚更加美丽的南山，和从那边飞回的群鸟（也可以说是为这样的景色所打动的心情吧。而这个心情，是因饮酒陶然才得以实现的），换言之，即陶渊明所看到的，那个时刻、那个场面的景色。于是，在"此"之中，一直以来怀抱着的"真"的意味终于具象化地表现了出来。这就是"此中有真意"吧。

为了探求"欲辨已忘言"的意思，我想要稍微偏离一下主题。《庄子·知北游》中有如下一节：

知以之言也问乎狂屈[①]。狂屈曰：唉！予知之，将语若，中欲言而忘其所欲言。

庄子所说的"欲言而忘其所欲言"，意思是忘记了想要说什么。我认为这段话的主旨是即便是得道之人也无法用语言对此加以说明。之所以这么说，是因为如果用语言来说明，道就已经走样了，因此无论如何也无法说明。同样是《知北游》，在黄帝交给知的话中有"知者不言，言者不知"，也是说的这个意思。还是《知北游》，无始说"道不可言，言而非也"，也是这样的意思吧。

再回到正题，陶渊明的"欲辨已忘言"与庄子的"欲言而忘其所欲言"应当存在关联吧。更直截了当地说，陶渊明是想到了庄子的这句话，才写下了这一句诗吧。

这样推断的话，那么陶渊明的这句诗，就是在领会到了"此中有真意"之后，想要将它阐释出来吧。这就是"欲辨"。但是在"欲辨"之中，想要说的事早已彻底忘记了，这就是"已忘言"吧。"忘言"的意思是，无论怎么绞尽脑汁地思考，都回想不起来，再怎么冥思苦想也无法用语言说明。至于说为什么不能用语言说明，是因为在说出来的话中，"真意"已经崩塌，早就不是本来的"真意"了。陶渊明就这样，一边在胸中怀抱"真意"，一边将眼前的景色看入眼中。

这里的"忘言"，就是意识到想要倾诉的东西无法用语言来表述，

---

① 此句并非《知北游》原文，为斯波六郎对《知北游》此节内容的概括缩写。

反过来说，就是遭遇到了语言的局限性。认识到自己心怀"真意"却不能表达的陶渊明之心，也就是感受到了孤独的心吧。

陶渊明有篇歌咏在某个清晨田父来访的诗，富于洒脱之趣。那就是《饮酒·其九》。诗以叙述田父的来访开头。

> 清晨闻叩门，倒裳往自开。

《诗经·齐风》中的《东方未明》中有"颠倒衣裳"之句，意思是慌慌张张地把上衣和下裳穿颠倒了。本于此句，便有了"颠衣倒裳"之语。在鲜有来客的陶渊明家，而且还是一大早就来拜访的，究竟是什么人呢？陶渊明的慌张也可以理解，因此他一边感到纳闷，一边问来者是谁：

> 问子为谁与，
> 田父有好怀。
> 壶浆远见候，
> 疑我与时乖。

原来是从没见过的田父，也就是百姓。他从很早之前就对陶渊明怀有好感，今天早上终于远道前来拜访，并随身携带了酒作为礼物。那位田父讶异于陶渊明不迎合世之众人，因而说：

缊缕①茅檐下，

未足为高栖。

一世皆尚同，

愿君汩其泥。

　　这四句是田父充满善意的规劝。大意是：贫穷的生活并不意味着是高尚的生活。如果众人皆浊，你也一起淈泥扬波吧。——这位田父之言相当达观。简直酷似给予屈原忠告的渔父。如果是这样，我还是与屈原为伍吧——陶渊明回答说。

深感父老言，

禀气寡所谐。

纡辔诚可学，

违己讵非迷。

　　大意是：对于充满好意的忠言我非常感激。虽然听从规劝，转变目前为止的信念也很好，然而无论如何我的秉性厌恶妥协。因为我一旦放弃了信念，就会迷路，所以还是这样前进吧。

　　陶渊明的回答还有下面这两句，接着诗歌就结束了。

---

　　①　"缊缕"，斯波六郎作"褴褛"，据《陶渊明集校笺》改。

且共欢此饮，吾驾不可回。

大意是：还是停止讲道理吧，难得有酒，为何不愉快地饮酒呢。虽然颇感抱歉，但我还是无法遵从您的忠告。

在《饮酒·其十四》中，同样也是歌咏与携酒来访的故人旧友一起饮酒的事，那一次似乎是一起来了几个人。但是在这首诗中出现的田父是初识之人，而且好像只有一人，只此一点就可见田父之善意。

一般来说，文学就是这样，往往对世事进行单纯化的处理。陶渊明的诗中尤其如此。这位田父的忠告，实际上说的次数一定更多，也更长。仅仅从将田父作为充满善意的老头儿来描写，就更令人觉得如此。

了解了这首诗的大意，接下来想要请各位留意"且共欢此饮"这句诗。陶渊明在回答不会改变自己的信念之后，仅凭此句，并不能得到田父的首肯。这是因为田父的立场完全不同。因此在真实的场景中，应该是陶渊明说完"违己讵非迷"，在换气停顿的时候，田父不失时机地中途插话说了自己的想法吧。哎呀，如果试着这样想象的话，陶渊明和田父会面的场景就更加有趣了。

暂且不说这个，陶渊明自身应该非常清楚，田父对自己的回答并不很认同。因此要想得到田父真正的理解，必须将自己内心的想法详细地说出来。但是他并不想这样做，这样的心情表现在了"且共欢此饮"这一句中。"且"字表现了他想要姑且终止此前问答的心情，即"这种事情怎么样都好，还是一起来快乐地喝酒吧"，从而把话题岔开。岔开话题无非是因为不想详细诉说自己内心的想法。之所以不想诉说，并不是因为觉得对这位田父不值得诉说，而是因为找不到恰当的语言将真正的想法完全表达出来。就这样来看，我们不得不说，诗人虽然在与田父一起饮酒，内心却是孤独的。明代黄文焕评价这首诗说"共之中仍独矣"，诚哉斯言。

关于陶渊明，最后想说的是，他将自己的孤独感也推之于外物。

在之前叙述的从屈原到王羲之的作品中反映出来的孤独感，大体都是自己独自的感觉，几乎看不出有推及其余的表现。然而到了陶渊明，则将自己的孤独感推及到了外物。例如，《饮酒·其四》中说：

> 栖栖失群鸟，
> 日暮犹独飞。
> 徘徊无定止，
> 夜夜声转悲。

一只鸟因为与鸟群失散而无法回到巢中，这是才刚刚离巢的小鸟吧；它夜夜悲鸣着在这一带徘徊，样子十分悲伤。在这当中，陶渊明也看到了自己孤独的身影。这样由自己的孤独进而挂念鸟的孤独，与芭蕉歌咏的"暗夜呀，失巢哀鸣，雏鸟声"（闇の夜や巣をまどはしてなくちどり）的心情相通吧。接下来，

> 厉响思清远，

去来何依依。

因值孤生松，

敛翮遥来归。

劲风无荣木，

此荫独不衰。

托身已得所，

千载不相违。

　　这首诗的重点是结句，即在于：孤鸟啊，即使其他树的叶子都落尽了，这棵松树也绝不会凋零，所以你可以永远地栖居在这里。

　　这首诗通过旁观与伙伴分离的悲鸟，痛切地为烦恼于贫穷的自己感到悲哀。通过观察孤生之松，诗人深切地同情为坚守"固穷节"的自己。因此，所谓"夜夜声转悲"，既是鸟的悲伤，也是陶渊明的悲伤；所谓"千载不相违"，既是对鸟的劝告，也是对自己劝勉的耳语。像这样在孤鸟、孤松身上看到自己孤独身影的心，也就是哀怜孤鸟、孤松的孤独的心。

　　在《咏贫士·其一》中，诗人同情孤云说：

万族各有托，

孤云独无依。

暧暧空中灭，

何时见余晖。

在无尽的长空中，孤零零漂浮着的孤云，没有朋友，也没有依靠，独自寂寞地缓慢地飘荡着。它的身影又能持续到多久呢。不久之后，随着夕阳西沉，渐渐变暗，最终还是要骤然消失吧。就这样，它无法存在到永远。在这样寂寞无常的孤云身上，陶渊明再次看到了自己的身影。

前面引过的诗中有"因值孤生松，敛翮遥来归"之句，诗人将感情寄托于一棵孤松之上。此外，陶渊明还屡屡歌咏因孤松而勾起的情思。

　　连林人不觉，独树众乃奇。

（《饮酒・其八》）

景翳翳以将入，抚孤松而盘桓①。

（《归去来兮辞》）

以上这些也是将自己的孤独感寄托于孤松吧。松本来是常青树的代表，因其颜色四季不改的秉性而为人所喜爱，但是它的身姿还是一直都萦绕着无法言说的寂寞吧，特别是纤弱地独自生长的孤松，这种感觉就更加明显。陶渊明恐怕感受到了在松树所具有的常青性质之外的寂寞，而将自己怀有的孤独感寄托在其中。像这样，在孤立的松树

---

① 斯波六郎引文略去了虚词"以""而"。

上感受到深深眷恋的状态，可以说恰似吟咏"纵夏日，孤子石韦[1]，仍一叶"（なつ来てもただひとつ葉の一葉哉）的芭蕉的心情吧。

此外，在此声明，以上关于陶渊明的记述，与旧著《陶渊明诗译注》上篇有重复之处。

那么，孤独感这个东西，除了特别自负自满的人，想必对于平凡的大部分人来说都会有吧。但是，是一时的感伤，还是深刻的体悟、深入的思考，这就因人而异了。优秀的诗人大多始终饱受着孤独感的煎熬，最后达到自我与外物融合的境界。这样考虑的话，我们可以列举的诗人还有很多，接下来还是想要以杜甫为例进行研究。

之所以选择杜甫，是因为他所达到的融合的境地与陶渊明形成了对照。至于说是怎样对照的，陶渊明的融合的境地是将自己的内心推及外物，与此相对，杜甫是完全变成他物，站在他物的立场上进行思考的。与陶渊明将自我放大相比，杜甫可以说是对自我的转变。

---

① 石韦，日语一つ葉，与一片叶子的一叶写法相似，为夏之季语。

第十六章　杜　甫

　　杜甫(8世纪)不仅仅是唐代最优秀的诗人,也应当说是中国三千年诗歌史上最优秀的诗人吧。或许即便是将之称为世界第一流的诗人也不为过。

　　唐玄宗开元年间的三十年是太平的时代,但是在持续的太平之中,不知不觉间已经酝酿出了烂熟颓废的气运,乘着这个气运,安史之乱爆发。从此国土沦为战场,人民饱受死亡离散之苦。

　　杜甫就生活在这样的形势之下,而且从四十七八岁到五十九岁死于旅行途中的十年间,为了衣食一直在四处漂泊。因此,在杜甫的人生中几乎充满了忧愁。他的忧愁极为复杂,包含了自身之忧、家人之忧、国家之忧、人民之忧、生物之忧等。

　　如同他在诗中写得那样:

　　　　居然绾章绂,受性本幽独。

(《客堂》)

平生独往愿，惆怅年半百。

（《立秋后题》）

畏人成小筑，褊性合幽栖。

（《畏人》）

说起来，他的性格似乎本来就喜爱孤独。出于这样的性格，他不断地进行着自省：

每愁悔吝作，如觉天地窄。

（《送李校书二十六韵》）

永远为自己的行为怀有悔恨之情，以至于在广阔的天地间都找不到容身之处。

在杜甫的诗中，将自己比作蓬、比作鸥的诗句屡屡可见。例如：

关内昔分袂，天边今转蓬。

（《寄司马山人十二韵》）

转蓬行地远，攀桂仰天高。

（《八月十五夜月》）

壮节初题柱，生涯独转蓬。

（《投赠哥舒开府翰二十韵》）

多少残生事，飘零任①转蓬。

（《客亭》）

归号故②松柏，老去苦飘蓬。

（《往在》）

飘蓬踰三年，回首肝肺热。

（《铁堂峡》）

以上诗句用转蓬、飘蓬来譬喻。此外，还有譬喻为白鸥、沙鸥的诗句：

白鸥没浩荡，万里谁能驯。

（《奉赠韦左丞丈二十二韵》）

世事已黄发，残生随白鸥。

（《去蜀》）

白鸥元水宿，何事有余哀。

（《云山》）

飘飘何所似，天地一沙鸥。

（《旅夜书怀》）

在这些诗句中，他将被迫过着漂泊生涯的自己比喻成在荒野中飘

---

① "任"，一作"似"。
② "故"，斯波六郎作"古"，据《杜诗详注》《全唐诗》改。

转的一株蓬草、在沙洲上飘荡的一只鸥鸟。这是审视着与周围无法调和、遭到周围排斥的自己而咏出的诗句。此外，他还有一些将自己的孤独寄托于片云、孤月、燕子等的作品。在这里，姑且以将自己的感情寄托于孤雁的作品和通过描写秋月来寄托自己的孤独感的作品为例，略加论述。

这是一首题为《孤雁》的诗：

> 孤雁不饮啄，
> 飞鸣声念群。
> 谁怜一片影，
> 相失万重云。

在万重云中，有一只失去方向形单影只的哀雁。在这只大雁身上，杜甫看到了自己孤独的身影。紧接着这四句，诗人写道：

> 望尽似犹见，
> 哀多如更闻。
> 野鸦无意绪，
> 鸣噪自纷纷。

大雁朝着前方飞翔，想要追赶同伴，即使没有希望，也仍然像能够看到同伴的身影那样努力地继续飞翔。从它不停地悲鸣着寻找同伴这一点来看,好像还能听到同伴的声音似的——虽然是这样写,但是杜甫其实早已彻底地变成孤雁了。

像这样,悲伤于与同伴失散,在对同伴的思念不止中暗含着孤独之所以成为孤独的原因。如果完全没有意识到自己的伶仃,也没有对同伴的思念,即便肉体是孤单的,也并不是真正的孤独。旧说以为这首诗寄托了杜甫思念兄弟之情,然而将其局限于兄弟之情并不见得高明。芭蕉的:

> 病雁落,旅次夜寒中。
> (病雁の夜さむに落て旅ね哉。)

与这首诗也有相同之处。

诗人在题为《十七夜对月》的诗中写道:

> 秋月仍圆夜,
> 江村独老身。
> 卷帘还照客,
> 倚杖更随人。
>
> 光射潜虬动,
> 明翻宿鸟频。
> 茅斋依橘柚,
> 清切露华新。

十七夜的月亮虽然有些欠缺，但看上去还是圆的。眺望着那轮月亮的，是在江村独自老去的自己。秋月仍圆，表现的是为此而欣喜的心情。无论是"客"还是"人"，都是杜甫在客观地审视自身。卷帘而坐，月光照我身；倚杖闲步，月光更相从。月光从水底、树间照射进来，惊醒了潜虬、宿鸟。月光照耀着茅屋、树林，在橘柚的绿叶间，增添了露珠的清新。

月亮到了十八夜就已经不能再说圆了。玩赏十七夜之月，包含着为它仍圆而喜，为它将残而惜的心情。因为是江村独老之身，所以这种感情更加深沉。

那么，在像白鸥和转蓬那样生活的日子里，杜甫是怎样将自己凄惨的身影清晰地表现出来的呢。这可以以《百忧集行》中的这句诗为代表：

强将笑语供主人，悲见生涯百忧集。

这是诗人在自嘲可怜的自己不得不对着自己仰仗的人强颜欢笑。在杜甫的漂泊生涯中，他几乎一直都是这样的心情。

这句诗意外地与芭蕉的"置暖炉①"之句不谋而合。在芭蕉写给曲水②的信中，在"曰归曰归，不遑启居。宿处其寒，我心伤悲"（いねい

① 暖炉，日文为"炬燵"，是冬季常用的取暖器具，有"掘り炬燵"和"置炬燵"两种，前者是固定在地上的，后者是可以移动的。芭蕉此句所咏即可以移动的暖炉。
② 曲水，管沼曲水，也称曲翠，本名管沼定常，膳所藩重臣。作为近江蕉门的主要支持者，给予了芭蕉经济支援。

ねと人に言はれても猶喰あらす旅のやとりとこやら寒き居心を侘て）
的开场白之后，有这样一句：

> 置暖炉，居无定所，旅人心。
>
> （住みつかぬ旅の心や置炬燵。）

虽然是暖和的，但又在不知何处有些微的寒意。对于深知掘暖炉
之味的人来说，置暖炉这样的感觉恐怕是会更加令人感到孤独吧。杜
甫的"强将笑语供主人"的心情，或许就是芭蕉对置暖炉的心情吧。同
时，芭蕉大概也是在"强将笑语"吧。

这个暂且不论，在这种心情持续的时间里，杜甫最痛切地感受到
的是，所谓人情，是最指望不上的。在题为《久客》的诗中，诗人在开
头写道：

> 羁旅知交态，淹留见俗情。

诗人悲叹：生存在旅途之中的自己，十分了解人类的交往。如果
在哪片土地长久地逗留，就可以清楚地看到世态人情。自己不论在哪
里都是孤身一人。

这里所说的"交态""俗情"，在《戏作俳谐体遣闷·其一》中的下面
这句诗中有更具体的表现：

旧识能为态，新知已暗疏。

大意是：过去就认识的人，善于矫饰外表；最近才结识的人，早已暗中疏远。这不过都是敷衍的泛泛之交罢了。

无论自己多么想要变得亲近，也不可能真正的相互亲近。杜甫诗中吟咏旅愁之句甚多，是因为常常感受到这样无法释怀的惆怅吧。而且，诗中多怀恋故乡、思念弟妹之句，也许与他人交往的不如意也是原因之一吧。

即便是审视着在这样交往状态中孤独的自己，也仍然想要主动地亲近适应那片土地的风俗。在题为《冬至》的诗中，诗人说：

江上形容吾独老，天涯风俗自相亲。

诗人在江边想到自己独自形容衰老枯瘦之时，恐怕也想起了很久以前独自在江边行吟的形容枯槁的屈原吧。杜甫当时恐怕正是在四川夔州，因此诗中所说的"天涯"也应该指的是那里。诗人反而为想要主动亲近适应"天涯"风俗的自己感到悲哀。

人情难以依靠，并不都是就异乡之人而言。

厚禄故人书断绝，恒饥稚子色凄凉。

大意是：幼子因为持续的饥饿脸色憔悴，本来指望做了高官的旧友伸出援助之手，结果那个旧友却连音信都没有。这是题为《狂夫》的诗中的句子。

然而，在这些诗中却全然看不到埋怨他人薄情的感情。大概杜甫已经看透了人情不过尔尔吧。杜甫看透人情不过尔尔的心情可以在下面的诗句中看到。

> 栖托难高卧，
>
> 饥寒迫向隅。
>
> 寂寥相煦沫，
>
> 浩荡报恩珠。

（《舟出江陵南浦奉寄郑少尹审》①）

大历三年（768年）的秋天，杜甫由湖北公安启程去往南方。这是在客船从江陵南浦出发的时候，杜甫写给江陵少尹郑审的诗中的句子。大意是：饥饿与寒冷将独自悲伤的自己逼入困窘，寄身之处难以高枕安眠。多亏了您照顾我，我却无法报答这份恩情。"向隅"是自己独自一人寂寞地面对着屋子的角落，这是被排挤者的生活。满堂宾客饮酒作乐之时，如果有一人独自向隅哭泣，大家都会变得不快乐了。此事出自《说苑·贵德篇》。"煦沫"是说同类之间的互相救助。《庄子》的《大宗师》篇及《天运》篇中记载："泉涸，鱼相与处于陆，相呴以湿，相濡以沫。""浩荡"是壮阔的样子，在这里指的是缘分浅薄。"报恩珠"则是

---

① 此诗题一作《舟中出江陵南浦奉寄郑少尹审》。

本于《淮南子·览冥训》中的，讲的是随侯救助了一条蛇，蛇衔珠以报恩的故事。

在此处的"寂寥相煦沫，浩荡报恩珠"两句中，也充满着"人情不过尔尔，自己毫不责怪他人薄情。就连自己，也全然不准备报恩"这样的心情。

那么杜甫是真的完全超越了这种不可依靠的人情，什么困扰都没有吗？绝对不是这样。之所以这么说，是因为如果什么困扰都没有，就不会作出这样的诗了。想来杜甫在生活的道路上遇到了潜藏在人生深处的黑暗面，因此有了忧郁和烦闷。于是就看到了承受着忧郁烦闷，并想要克服它们的可怜的自己吧。注视着可怜的自己的身影，这首诗也由此而生。

像这样，注视可怜的自己的心，也就是注视可怜的他人的心。在杜甫诗中，怀着注视自己的心而注视他人之诗的情况屡屡可见。

寒轻市上山烟碧，

日满楼前江雾黄。

负盐出井此溪女，

打鼓发船何郡郎。

这是作于四川云安(今重庆市云阳)的《十二月一日三首·其二》的前四句。云安有盐井，那里川流湍急，前边船的鼓声传远了，后边的船才边敲鼓边出发，以此来避免冲撞。杜甫在那里看到了负盐女、打鼓男，以及各种各样的努力生活的人。人人都有各自的营生，人除了用自己的双手来谋生之外别无他法。每个人都是各自独立的，诗人深深地觉察到了人生的悲哀。在"此溪女""何郡郎"的表现中尤其能够感受到这种心情。读这首诗，不知为何总会想起芭蕉"秋渐深，邻家之人，何营生"（秋深し隣は何をする人ぞ）的句子。

如果把杜甫的这句诗与李白的《秋浦吟》试做对比的话，它的风格就更能凸显出来吧。秋浦在安徽省贵池区附近，李白在《秋浦歌》十七首中的第十六首中，这样描写秋浦住民的生活状态：

秋浦田舍翁，
采鱼水中宿。
妻子张白鹇，
结罝映深竹。

着眼点虽然与杜甫之句相同，都放在了那片土地住民独特的生活状态上，但是李白是对生活状况本身，特别是对"映深竹"的诗趣触发了感兴。至于这种艰难的营生，并未让李白产生一种切己的同情。

杜甫在《清明二首·其一》中发出了人类都有着各自生活的感叹：

绣羽衔花他自得，
红颜骑竹我无缘。

这是在潭州（今长沙），清明节，亦即阴历三月初时节歌咏的诗。

大意是：美丽的鸟儿衔着花自得地飞着，红颜少年骑着竹马游戏，而这些都与现在的自己毫无关系。将自得的、有着美丽羽毛的鸟和嬉游的红颜少年，与流落异乡的自己割裂来看，在割裂掉的内里，自己承认他们各有各自的生活。

意识到人们都有着各自的生活的心，与意识到人们各自有别的心是联系在一起的。接下来要引的题为《清明》①的诗，就是意识到人们各自有别，并发出感叹的诗。

五十白头翁，
南北逃世难。
疏布缠枯骨，
奔走苦不暖。

已衰病方入，
四海一涂炭。
乾坤万里内，
莫见容身畔。
妻孥复随我，
回首共悲叹。

---

① 此诗题为《逃难》。此处当为斯波六郎误记。

故国莽丘墟，

邻里各分散。

归路从此迷，

涕尽湘江岸。

　　大意是：老病的白头翁，挈妇将雏，为躲避战乱四处逃难。但是不管去到哪里都是同样的苦难，在旷阔的天地中却没有区区五尺之身的容身之处。回首看依靠着我、跟随着我的妻子和儿女，他们也是一样在悲叹。虽说如此，我却什么也做不了。再怎么悲叹，终究也还是各自的悲叹。同乡邻里大家也都是各自四散逃命，只能是各自承受自己的苦难。不管是多么亲近的人，面对对方的苦难都无能为力，也无法当作自己的苦难来承受。

　　像这样即便是至亲或者好友，自己也仍然无能为力。这种濒临极限的心情，我们也曾多次痛切地体验过。这样的心情，换句话来说，就是感受到人类是各自的孤独着的心情吧。大概杜甫也正是感受到了这一点才写下了前面的诗。

　　杜甫诗中的感叹不止为自己而发，也为国家和人民而发，这可以说是他作为诗人的一大特征。但是，同样是慨叹国家与人民的诗，也可以分作两类。

　　本来，杜甫就像下面的诗句那样：

许身一何愚，窃比稷与契。

（《自京赴奉先县咏怀五百字》）

心怀自信，将自己比作辅佐太古圣君舜的贤臣稷和契，另外还像：

> 致君尧舜上，再使风俗淳。

（《奉赠韦左丞丈二十二韵》）

歌咏的那样，认为自己能够辅佐玄宗皇帝，使他成为甚至可以媲美尧舜的圣君，胸怀使大唐风俗复归太古理想时代的淳朴的抱负。

然而，诗人怀抱着这样的自信和抱负注视现实世界的时候，却因为现实的悲惨绝望而陷入深深的苦闷。杜甫写下了许多表现这种苦闷之情的作品，其中有《兵车行》《前出塞》《丽人行》等自古以来被视作杰作的作品。在这些作品中，我们可以充分理解作者忧国忧民的心情。但是，即使在这些诗篇中，我们也还是会有一些空洞虚泛的感觉。

不过，与此相对，如果试着品读有名的《新安吏》《石壕吏》《垂老别》《无家别》等诗，我们则可以听到人们的肝肠寸断的沉痛的呼喊，而且没有丝毫空洞虚泛的感觉。

另外，虽然并不是名篇，但是在题为《又呈吴郎》的诗中仍然可以看到，杜甫对西邻贫妇扑自家枣的行为，极为温和地给予了谅解，在这里也没有丝毫空洞虚泛之感。所谓吴郎，是杜甫的亲戚，杜甫起初住在瀼西（指重庆市奉节瀼水西岸地）的草堂，在他移居瀼水以东的东屯之后，瀼西的草堂就让给了吴郎居住。因此杜甫写信给吴郎，在信中劝告他要体恤西邻的贫妇。诗的前半部分是这样写的：

堂前扑枣任西邻，

无食无儿一妇人。

不为困穷宁有此，

只缘恐惧转须亲。

这四句是杜甫叙述迄今他对贫妇的体恤，包含了希望今后吴郎也可以这样做的意思，特别是"只缘恐惧转须亲"一句，正因为对方心里恐惧，才更需要亲切待之——这绝不只是寻常的同情，而是从内心深处设身处地地体谅贫妇的心情。

在同一首诗的后半部分，诗人告诫吴郎圈起篱笆这样的事会让贫妇感到羞愧，至此对贫妇的体谅和对吴郎的恳切达到极致。诗人歌咏：

寂寂春将晚，欣欣物自私。

（《江亭》）

万物各自欣欣地生活着的时候，只有自己迫不得已过着不如意的生活。如果不是体味过深刻的孤独感，怎么也无法这样设身处地为贫妇考虑吧。

这种体恤贫妇的心情，进一步说也是体恤鸟虫溪鱼草木的心情。

小奴缚鸡向市卖，

鸡被缚急相喧争。

家中厌鸡食虫蚁，

不知鸡卖还遭烹。

虫鸡于人何厚薄，

吾叱①奴人解其缚。

鸡虫得失无了时，

注目寒江倚山阁。

（《缚鸡行》）

筑场怜穴蚁，拾穗许村童。

（《暂往白帝复还东屯》）

盘餐老夫食，分减及溪鱼。

（《秋野五首·其一》）

堂西长笋别开门，堑北行椒却背村。

（《绝句四首·其一》）

在这些诗句中，我们可以看到，是应当救被鸡吃掉的小虫，还是应当救被卖掉烹食的鸡，诗人感到为难。诗人同情因为修筑场圃巢穴被破坏的蚂蚁，减少本就不多的自己的食物分给溪流中的游鱼吃，并且为了草堂西边的长笋不被踩到，在别的地方另外设门。

在写景的诗中也充满着这样的心情：

---

① "吾叱"，原文为"我斥"，据《全唐诗》《杜诗详注》改。

糁径杨花铺白毡，

点溪荷叶叠青钱。

笋根雉子无人见，

沙上凫雏傍母眠。

（《绝句漫兴九首·其七》）

大意是：白毡青钱，我想用自己的手去爱抚它们。我为藏在笋根旁的稚子无人发现而喜悦，看到靠着母亲睡觉的幼凫，也想在旁边陪着睡。

从这些诗中我们能够看到，杜甫对他物的体恤之心，是他感悟到世间万物各自都是孤独的，他将哀怜自己的孤独的心情推及万物种种。虽然与怜惜蛙蝇的一茶的心境有些相近，但是在同样孤独感强烈的陶渊明的诗中，尚未见到这样彻底的众生平等的感情。

如果单单只是怀有"致君尧舜上"的理想，和对使"草木昆虫咸得其所"（《西汉成帝诏书》）的思想的学习，那么，这样的心境就无法达到。自己只有长期沉潜其中，才能领悟到这些。杜甫说：

用拙存吾道，幽居近物情。

（《屏迹三首·其二》）

杜甫这样讲，乃是因为他自己从中贴近了"物情"。这里所谓的幽居不仅只是清净的生活，也应当解释为深深地沉潜入自己内心的清净生活。

　　杜甫在逗留长安时，诚然有忧国忧民之作，但是更多的还是对政策不当和贵族豪奢的愤慨之作，并不全是由自己的思考而发出的对人生的感叹。经过自己的思考而作的诗，几乎都作于他四处漂泊的时期。这绝非偶然。由这样的心境生发出的齐物之情，与世俗的、偶然的，或者可以说是游戏的、肤浅的同情，有着本质上的不同，它是严峻的、谦虚的、内心的清澄。

　　不将孤独单单看作自己一个人的问题，而将它视为全人类的问题，甚至是所有生物的问题来感悟，可以说这正是杜甫的特色。即便同是社会诗，杜甫之作也比白居易之作更能打动人心，原因或许正在这里。北宋黄彻在《䂬溪诗话》卷九中说："老杜饥寒而悯人饥寒者也，白氏饱暖而悯人饥寒者也。"之所以这样说，恐怕与杜甫的这个特色并非毫无关系。

　　孤独感注定伴随着寂寥感，而寂寥感又隐约与不安感相同。因此感到孤独的人难以承受那份寂寞，想要寻求交谈的伙伴，想要与那些能够成为依靠的、永久的东西合二为一，也就是想要从孤独感中得到解放。在杜甫的诗中，也可以看到这样的心情。例如，在《宿府》的前半部分中说：

　　　　清秋幕府井梧寒，
　　　　独宿江城蜡炬残。
　　　　永夜角声悲自语，

中天月色好谁看。

大意是：没有友人同我一起眺望清秋的月色，深夜独宿，听到远方传来的角声悲切，只能小声地自言自语。从自言自语中我们可以看到诗人想要从孤独的寂寞中得到解放的心情。读这首诗使我想起在岛崎藤村的《旅人》中，主人公难以承受漂泊他乡的孤独而自言自语的场景。

然而，如果只是这个程度，就与张华的"伏枕终遥昔，寤言莫予应"和陶渊明的"欲言无予和，挥杯劝孤影"相似，因此并没有什么杜甫独特的东西。但是，下面的这句诗歌咏的内容，在张华和陶渊明的诗中并没有出现过：

玳筵急管曲复终，乐极哀来月东出。

这两句出自杜甫观看玄宗开元年间著名舞蹈家公孙大娘的弟子舞剑时所作之诗（《观公孙大娘弟子舞剑器行》）。这首诗讲的是：在华丽的宴席上管弦急奏舞曲终了，看得入迷听得出神的自己，在欢乐之后悲伤袭来，在那时从东边的天空升起了明月。这个"哀"是交织着对过去的追忆、当今的时事、舞女的境遇和无路可去漂泊的自己等复杂感情的一种哀伤。总而言之，可以说是审视自己内心之中的孤独身姿的哀伤。沉浸在这样的哀伤中的时候，诗人突然看到了从东方升起的月亮，从哀伤中得到了暂时的解放。

鸡虫得失无了时，注目寒江倚山阁。

　　这是前面引用过的诗中的句子。诗人看到因为厌恶鸡吃虫子而缚鸡将其出售的小奴，斥责他没有想到鸡被卖掉也会被烹食的愚蠢。但是仔细考虑的话，到底是应该帮助鸡呢，还是应该帮助虫呢，想不明白，怎么想都没有答案。因此倚着山上的楼阁注视着寒江，从怜悯的苦恼中得到暂时的解放。

　　明年此会知谁健，醉把茱萸仔细看。

　　这两句出自诗人在某一年的九月九日重阳节于蓝田崔氏别庄所作的诗（《九日蓝田崔氏庄》）。大意是：现在聚集在这里的人并不知道明年是否还会举办这样的宴会，假如举办的话，到那个时候还能有谁保持着健康呢？诗人想到这里就不胜感慨，将茱萸拿在手中，醉眼蒙眬仔细地看。

　　因为是战乱的年代，所以明年这个宴会倘若无法举办也在情理之中，更不用说在杜甫心中还萦回着以自己为中心的、对于人类生命无常而感受到的深深苦恼。但是，沉湎于这样感慨中的杜甫，在那时恐怕也并非没有与别人推杯换盏。他应当是一边在同别人饮酒，一边在独自沉思吧。也就是说，他虽然与众人在一起，但是内心却是孤独的。

　　杜甫在独自沉湎于这样的感慨中的时候，眼睛突然停留在茱萸的果实上。他拿起茱萸左看右看，仔细地端详，从郁积在胸中的烦恼中得到了暂时的解放。

大凡人类，如果烦恼于某样事物，眼睛就会空洞茫然，并且这个空洞的眼睛又会突然地捕捉住什么，而这大多是目前为止没有注意过的、不曾关心过的东西。当人们突然凝视目前为止没有注意过的、不曾关心过的东西之时，就会像重新感受到新鲜生命的气息和奥秘那样，心和它融合在一起。

前面所述的杜甫心中的哀伤苦恼，从眺望月色、注视寒江、细看茱萸中得到了暂时的解放，亦即与所凝视的东西融合在一起。因此虽说诗人从哀伤苦恼中得到了解放，但一直以来郁积在心的哀伤苦恼绝非彻底消失了，只是融合到凝视外物而生发的感怀中了。所谓融合，是指诗人和那些事物合而为一，从而使孤独寂寥的人类之心，回到广阔无边的宇宙中去。

在不知不觉间，诗人冷不丁将人类总想要依靠大的东西的内心懦弱的侧面展露了出来。人类无论如何都想要依靠什么，因为我有过在防空洞中，甚至连空气的稀薄程度都要依赖的经历，所以我可以深切地体会这种感觉。所谓人类的生存方式，最终不过是回归到依靠什么的问题上来。这与人类既是孤独的，却又怎么都不会是彻底孤独的，进而与人类的感情相关联吧。

以上主要是从杜甫与陶渊明的区别的角度，对杜甫的孤独感做了大略的论述。在最后一章，我想从李白与杜甫的区别的角度，对李白的孤独感进行简要论述。

第十七章　李　白

　　李白先于杜甫11年出生，又比他早8年去世，去世时62岁。一直到他五十三四岁的时候，都是比较太平的时代。从那以后到他去世之前的大约十年间，是安禄山之乱、史思明之乱相继发生的时代。

　　李白42岁（天宝元年，即742年，以下李白的年龄皆依据清代王琦的《李太白年谱》）时，虽然被玄宗征召为翰林供奉，但是三年后即遭谗辞官。在他的一生中，只有这三年在中央为官，在那之前和之后几乎都在四处漫游。在漫游时代里，李白既曾隐居山上过着道士一样的生活，也曾在五十多岁的时候出仕玄宗的第十六子永王李璘，在正想有一番作为的时候，永王兵败举事不成，他也被下入浔阳狱中，接着被流放到夜郎（途中遇赦）。

　　李白自言"我本楚狂人"（《庐山谣寄卢侍御虚舟》）、"本是疏散人"（《翰林读书言怀呈集贤诸学士》）、"一生傲岸苦不谐"（《答王十二寒夜独酌有怀》），就像他自己说的那样，他的性格疏放傲岸。所谓"楚狂人"，指的是讥讽孔子的陆通。在这一句诗里，李白将自己比作陆通。

　　另外，从"我辈岂是蓬蒿人"（《南陵别儿童入京》）、"富贵吾自取"

（《邺中赠王大劝入高凤石门山幽居》）、"青云当自致"（《冬夜醉宿龙门觉起言志》)这些诗中可知，李白有着强烈的荣达之愿。

而且他还心怀"愿一佐明主，功成还旧林"（《留别王司马嵩》)、"平明空啸咤，思欲解世纷"（《赠何七判官昌浩》)、"余亦草间人，颇怀拯物情"（《读诸葛武侯传书怀赠长安崔少府叔封昆季》)这样的抱负。

然而这样的抱负却无从实现，李白的一生都是怀着"哀哀歌苦寒，郁郁独惆怅"（《冬夜醉宿龙门觉起言志》)这样的心情度过的。他在题为《临路歌》的诗中，悲叹大鹏在中天羽翼摧折，图南之志不得实现。据清代王琦之说，《临路歌》乃《临终歌》之误。若果真如此，则李白一直到最后都怀有不遇之叹。

傲岸的性格和天马行空的才气使李白创作了许多富于豪放之气的作品。然而成为诸作品基调的，还得说是不遇之叹和随之而来的愤怒吧。

李白也怀有因愤慨不遇和悲叹人生无常而生出的孤独感。在表现这样的孤独感的作品中，也不乏优秀之作。但是因为这样的孤独感已经在论述其他作者的时候讲过了，所以在这里就略去不谈，只讨论目前为止几乎从未见过的孤独感。那就是在超越的境地中的孤独感，这种孤独感有着高自标置、以坚守孤独为乐、鲜少与他者融合的性质。吟味两三首李白的作品，就可以明白这种感觉了。

众鸟高飞尽，
孤云独去闲。

相看两不厌，

只有敬亭山。

（《独坐敬亭山》）

　　敬亭山，位于安徽宣城以北十里。南齐谢朓在担任宣城太守时，因喜爱这座山而多次攀登，留下了数篇诗歌。根据年谱，李白于天宝十三载(754年)54岁的时候曾在宣城居住过两年，在上元二年(761年)61岁的时候，也曾往来于宣城、历阳二郡。这首诗应当就是作于这两段时期之中吧。李白平素敬慕谢朓，想必对与谢朓有因缘的敬亭山也心存怀古之情。

　　开头的两句描写的恐怕就是傍晚时分敬亭山山巅上空的景色吧。李白一直看着它入神，匆匆高飞的群鸟的影子最先消失，接着，刚才还飘在那里的一片云也独自缓缓地离去，最终消失了。在这样空寂的黄昏时刻的天地间，留下来的就只有敬亭山与我。于是诗人就入神地看着敬亭山，似乎可以一直看下去。

　　将孤云和众鸟一并写入傍晚的天空之中的诗句，在《春日独酌二首》中有两处。其一是"孤云还空山，众鸟各已归"，接着这一句的是"彼物皆有托，吾生独无依"。即使不将这两句看作是傍晚的景色也说得通。但是如果根据《春日独酌》全诗推断的话，果然还是在吟咏傍晚的景色吧。在这两句中，虽然极其微弱，却包含着"彼物皆有托，吾生独无依"的意思。这样的感觉更能使读者想象出与敬亭山对坐的李白的孤独姿态。再者，如果这首诗描写的是黄昏景色，那么李白眺望不厌的就是在傍晚时分光线时刻变化的壮丽神秘的山的姿容。诗句自然地描写出了敬亭山与李白"相看",最终完全消失在夜色的帷幕下的场面。

还想请大家留意一下这首诗中"相看两不厌,只有敬亭山"这句诗的表现方式。这两句自不待言,说的是:在静寂的大自然中活动着的众鸟与孤云,不知何时消失后,只剩自己与敬亭山相对而坐。

但是这一句又不只是这样,应该还包含着更加复杂的内心色彩。换言之,"相看"与"两不厌",是将自己与对方对等而视,表现的是只有这个对方才是真正理解自己的人。那么,如果要问谁才足以称得上这样的一个对象,"只有敬亭山"。也就是说在这个世界中真正理解自己的人只有一座敬亭山。如果像这样彻底地分析下去,人类——除了"我"之外的全人类,都不足以成为对象。李白在内心深处恐怕潜藏着这样的想法吧。

如果将这两句与陶渊明的"悠然见南山"(《饮酒》)相比,这一点会更加明显。陶渊明之句,是"悠然地看着南山",还是"看着悠然的南山",如果要解释的话,两个都说得通,两个都可以,不,毋宁说应当是把这两个解释合并起来理解(参见拙著《陶渊明译著》、吉川幸次郎博士著《陶渊明传》),表现的是陶渊明与南山,无条件、浑然地融合在一起的心境。然而在李白这里,他与敬亭山是对立的,是意识到只有它才是自己的知己。虽然这样说,我却并不是想要比较李白与陶渊明的优劣,而是通过与陶渊明的比照,来揣测出李白的内心。

问余何意栖碧山,

笑而不答心自闲。

桃花流水窅然去，

别有天地非人间。

（《山中问答》）

　　这首诗诗题一作《山中答问》，还有版本作《山中答俗人》。问何意的是俗人。——细说既不可能又麻烦，所以只是笑笑。在笑而不答之中，我心闲适，沉醉在这一佳境的幽趣中。

　　至于说为何会这样，那就是"桃花流水"之后的诗句，这也可以看作是对俗人的回答。"桃花流水"的桃花是在流水两岸绽放的桃花，还有漂浮在流水上的桃花。通过"窅然"之语，我们既可以感觉到漂浮着落花的水依稀向着遥远的远方流去，也能感受到流水的深度。这一句诗充盈着清新、安静与丰沛之感。后一句诗说"别有天地非人间"，象征着与世俗世界有别的另一个世界。这恐怕是诗人想着武陵桃源而写下的吧。

　　像这样充满情趣、与俗人的世界迥然相异的天地，就在这里。李白对此十分称意。

　　住在与俗界隔绝的天地中的李白，明显觉察到了孤独，但他并不因孤独而感到寂寞，反而以此为乐。于是，从这里所说的"不是俗界，而是世外桃源"，可以看到诗人认为世俗世界不足以成为自己的对象的闪念吧。

独酌劝孤影，

闲歌面芳林。

长松尔何知，

萧瑟为谁吟。

手舞石上月，

膝横花间琴。

过此一壶外，

悠悠非我心。

（《独酌》）

这是在春月之下歌咏独酌之醉的诗，由十二句组成，在这里略去了开头的四句。

"独酌劝孤影"，是指自己寂寞地与影子相伴饮酒；"闲歌面芳林"，是指还伴随着自己的歌声。从这两句中足以窥见作者的孤独感。虽然如此，无论是对自己的影子还是对自己的歌声，我们几乎感觉不到诗人在其中倾注了感情，看起来只不过是作为一时的朋友来对待。也就是说作者将自己的孤独作为孤独来享受，而缺乏对孤独的自己的凝视。

本来李白就有几首无论是诗趣还是诗句皆本于陶诗的作品，这句"独酌劝孤影"实际上也是化自陶渊明的《杂诗·其二》。陶渊明说"欲言无予和，挥杯劝孤影"，心中的苦恼即使想要倾诉也无人理解，表达的是孤身一人的孤寂。将这份孤寂清晰地表现出来的影子也是何等的悲哀。从陶渊明的诗句中流露出了这样的感情，然而李白却对这个孤影没有什么感情，毋宁说是写景一样的感觉。即便是本于陶渊明《饮酒·序》中的"顾影独尽，忽焉复醉"而写下的"倾壶事幽酌，顾影还独尽"（《北山独酌寄韦六》），也是同样（李白的《月下独酌·其一》，与此处所引的"独酌"大体歌咏的是相同的主题，只是那首诗中的"影"写景的色彩更浓）。

"长松尔何知"以下四句，大意是：长松啊，你本是无情之物，理应什么都不知晓。然而如今却萧瑟地长吟，想必是了解我的心，想要安慰我吧。这样的话我也随着吟声而起，在月下石上投下身影起舞，舞累了就坐在花间弹琴。

在这里，作者虽然意识到自己的孤独，但是却只将长松看作暂时的朋友，并没有与它融合到一起。

最后两句极其难解，恐怕是"只要有这一壶酒，在醉境之外的世间俗物就都与我不相干了"的意思吧。"悠悠"一语，说起来在晋宋以来的作品中经常使用，在李白诗中也有"悠悠人"的用例，这与"平凡人"的意思类似，在比李白稍晚些的张谓的《赠乔琳诗》中有与"知己"之语对比使用的"悠悠"①，指的是冷淡的人和疏远的人。在这首诗中的用法应该与这些用法的意思大致相似。

最后两句诗的解释，如果没有推断错的话，那么可以见到，即便是在这首诗中，李白也故意地将孤独的自己与世俗远远地隔绝开了。

————————

① 张谓《赠乔琳》："丈夫会应有知己，世上悠悠何足论。"

从上面的例子中可以看到，李白的孤独感是即使在达到超越之境时仍会感到孤独，而且在他的孤独感中，高自标置并且享受孤独的心情还伴随着不与他物融合的心情。这种性质的孤独感被坦然承认，这在以前几乎是从来没有出现过的。

那么李白为什么会有这样的孤独感呢？这既是对待孤独感的方式的问题，也是人的性格问题。以下想要就这个问题稍稍进行论述。

之前讨论过杜甫的问题，杜甫感到了人情的不可靠，由此冥思苦想，最终达到承认人类的孤独性，站到万物各自的立场上同情它们的境界。李白也感到了人情的不可靠，从下面这两首诗中可以读到这一点：

> 他人方寸间，
> 山海几千重。
> 轻言托朋友，
> 对面九疑峰。

这是题为《箜篌谣》的诗的其中四句。在这首诗中诗人感叹君臣之交、朋友之交，总之一切人类的交往都不能持久。这四句诗虽然难解，但是大意是：他人之心仿佛隔了千山万水那般难解。因此世间的人虽然往往轻言托付、拜托朋友，但是朋友的内心却根本无法了解。九嶷山由九座名字各异的山峰组成，那九座山峰虽然彼此相似，却各不相识。就像九嶷山相对而立的一座座山峰那样，朋友的内心也无从了解。

说他人的内心根本无法了解，就是感受到了人情的不可依靠。李白绝不是将它作为令人喜欢的事情来讲的。尽管如此，李白看破了人类的现实境遇也就是如此而已。

在题为《树中草》的作品中，诗人写道：鸟衔野草而来，误落在了枯桑上，最后野草堆积在桑树上，根落入土中又生长出来。接下来说：

> 草木虽无情，
>
> 因依尚可生。
>
> 如何同枝叶，
>
> 各自有枯荣。

草木本是无情之物，但却还是会像这样互相帮助地生存。然而为什么生长在同一棵树上的枝叶却会各自枯荣呢？

这是感叹在兄弟之间，或者进一步说在人类之间常有的冷酷绝情。像这样沉思人类之间以无情相待，也就是在沉思人类终究各自不同。

由这些诗推断，可知李白也深切地感受到了人情的不可依靠，从而至少在某种程度上意识到了人类的孤独性吧。这一点可以说和杜甫的感触是相同的。但是二人不仅生出这样感觉的过程不同，对这种感觉的处理也不尽相同。

杜甫主要是从漂泊羁旅的贫穷生活的苦恼中，感到了人情的不可依靠。然而，李白的感触则主要是从不遇中产生的。

在题为《君马黄》的诗中，描写了两个骑马的朋友：

君马黄，

我马白。

马色虽不同，

人心本无隔。

黄色的马和白色的马，只有所乘之马颜色不同，二人之心却没有任何隔阂，是完全同一的。——先是这样开头。接着，这二人一同出仕朝廷，长剑照耀，高冠艳赫，诗中叙述了他们在洛阳市中走马看花的得意样子。最后以下面这四句诗来结尾：

猛虎落陷阱，

壮夫时屈厄。

相知在急难，

独好亦何益。

大意是：就像即便是百兽之王的猛虎也会落入陷阱那样，豪气冲天的壮夫也会遭受困厄。在这样的急难之际，相知之人的帮助是必要的。如果只是自己独自得意，对朋友的急难袖手旁观，那就没有任何意义。这里所说的"屈厄"和"急难"，并不是指生活上的穷困，恐怕指的是遭受谗言等仕途上的困塞吧。

这首诗是在讽刺虽然人在彼此都一帆风顺的时候可以互称知己、相知，但是一旦一方遭遇不遇，却完全不会伸以援手。这首诗的表达方式还算委婉和宽泛，李白还有不少更加直接地歌咏自己之事的作品。

《赠从弟南平太守之遥二首》，是李白流放夜郎遇赦后之作，大概作于乾元二年(759年)59岁的时候。第一首诗叙述了他人对待自己的态度的变化。在以前任职翰林院，过着得意的生活的时候，诗人是这样的状态：

> 当时笑我微贱者，
> 却来请谒为交欢。

之后却变成了：

> 一朝谢病游江海，
> 畴昔相知几人在？
> 前门长揖后门关，
> 今日结交明日改。

"前门""后门"指的是时间上的先后。

在天宝三载(公元744年)44岁之后的作品《赠新平少年》中，李白说：

故友不相恤，新交宁见矜。

感叹的是，故友见到遭到朝廷驱逐而落魄的我，也装作没看到的样子；新结识的人更加不会怜悯我。

　　就像这样，李白唾弃在自己不遇之时体验过的知交的冷淡态度，愤慨于他们的无情。在这样的愤慨重重累积之后，终于如以下两句诗表现出来的那样：

他人方寸间，山海几千重。

彻悟人情这种东西都是不能指望的，甚至人类终究都是各自孤立的。

　　李白虽然深切地感受到了人情是多么不可靠，但是这大概还是单从别人对自己的态度里感受到的。在他的作品中，几乎看不到退后一步的自省和对自己、对他人的反思。这一点，与杜甫所说的"浩荡报恩珠"，即"人情不过尔尔，自己毫不责怪他人薄情。就连自己，也全然不准备报恩"（参照第十六章），完全不同。

　　因此，比起仔细地体味人情的不可依靠和人类的孤独性，莫如说李白是轻易地推测它的大概。从下面的诗句中可以看到那样的心态：

廊落青云心，
结交黄金尽。
富贵翻相忘，

令人忽自哂。

（《送赵判官赴黔府中丞叔幕》）

曾经胸怀的青云之志最终还是没有达成，现在全部成空。想来自己为了实现志望结交豪杰之士，也曾豪掷万金。然而这样结交的人一旦富贵，就将我忘得一干二净。最后总是这样收场，幼稚的自己真是愚蠢的可笑。——前面的四句大概是这样的意思。

在这里想要特别注意一下"令人忽自哂"之句。这一句中的"人"，是将第一人称用作第三人称，换言之，即将"我"客观化的表达方式，也包含了"以自己为首，无论是谁"的意思。"自哂"是自己嘲笑自己的愚蠢。因此这一句是"散尽万金的结果也就是这副样子，仔细想来，实在是做了无聊至极的事，忽然为自己的愚蠢觉得可笑"的意思吧。从这句诗中可以看出，诗人并不想将人情的不可靠追究到底，而只是将它当作常有的事来解决的心态。

那么李白为什么会怀有这样的心态呢，这是有缘由的。本来他对自己的才华就极为自信，也坚信世人往往分不清贤愚。因此自己的才华得不到承认，是因为他们没有见识。因此，嘲笑自己愚蠢做了无聊的事，是在嘲笑自己将没见识的人视作对象的愚蠢，这种自嘲毋宁说是自负的变体吧。

所谓不遇，是无法得到与才能相匹配的地位。因此，认为自己不遇的前提是对自己怀有才能的自信——即便以他人的视角来看，那不过只是自我陶醉而已。在中国的诗人中，相信自己怀有才华而感慨自己的不遇的人有很多。然而像李白这样，自始至终感叹自己的不遇、愤慨自己的不遇的人，大概还是很少的吧。正是在这样的地方体现出了他的强烈的自信。

> 虽长不满七尺，而心雄万夫。
>
> （《与韩荆州书》）
>
> 独酌聊自勉，谁贵经纶才。
>
> （《玉真公主别馆苦雨赠卫尉张卿二首·其一》）
>
> 才力犹可倚，不惭世上雄。
>
> （《东武吟》）
>
> 天生我材必有用，千金散尽还复来。
>
> （《将进酒》）
>
> 奈何怀良图，郁悒独愁坐。
>
> （《酬崔五郎中》）

这些资料充分表现出了李白自信的程度。如果要继续找，还有很多。因为他的自信过于强烈，有时会显得出言不逊和傲慢。

> 终然不受赏，羞与时人同。
>
> （《五月东鲁行答汶上翁》）

大意是：怀有像战国时代的鲁仲连那样功成不受赏的理想的我，

耻于与一般人为伍。从这句诗中我们可以读到诗人轻视世人的心情。这首诗作于他三十五六岁还未出仕朝廷的时候。这之后，在《东武吟》和《留别王司马嵩》中李白也歌咏了同样的内容。将功成不受赏的态度作为一种理想，早在晋左思的《咏史诗》中就被歌咏过了。李白恐怕是受了左思的影响。然而在左思的诗中，并没有轻视世人的心情。李白还吟道：

　　好古笑流俗，
　　素闻贤达风。

（《东武吟》）

大意是：我久闻古代贤达之风，倾慕于此，对世俗之辈嗤之以鼻。

　　世人若醯鸡，安可识梅生。

（《留别西河刘少府》）

"醯鸡"见于《庄子·田子方》篇和《列子·天瑞》篇，是酒瓮等之中生出的小的飞虫。"梅生"指的是汉代的梅福，在这里比作刘少府。这一句感叹刘少府得不到肯定，暗中也包含着李白自己的不遇之感。然而即便是这样，断言"世人若醯鸡"，也足可以看出李白之不逊。

话虽如此，认为自己比他人优秀也是人之常情。即便是杜甫，也不能说他没有这样的想法，例如：

世人共卤莽，吾道属艰难。

（《空囊》）

大意是：世人都苟且地活着，只有自己因坚守己道而陷于穷厄。还有：

眼前①无俗物，多病也身轻。

（《漫成二首·其一》）

大意是：因为没有碍眼的俗物，自己即便是多病也觉得身轻。

根据这些诗句，确实杜甫也将自己和卤莽的世人以及俗物区分开。但是在这当中几乎感觉不到杜甫有将自己放置在世人之上、俗人之上的心态。

坚信自己与时人不同，高自标置的李白，在天宝元年(742年)42岁的时候应玄宗之征，只做了三年官便于天宝三载(744年)因谗言而辞官而去。一直到62岁卒于宝应元年(762年)为止，都过着不遇的生活。关于不遇的原因，李白自己说：

---

① "前"，斯波原文作"边"，据《全唐诗》改。

苦笑我夸诞，知音安在哉。

（《赠王判官时余归隐居庐山屏风叠》）

诗人连自己都苦笑言词夸诞、没有知音的自己。他还说：

一生傲岸苦不谐，恩疏媒劳志多乖。

（《答王十二寒夜独酌有怀》）

　　诗人自述因为自己傲岸不能与世间调和，所以一生困苦（话虽如此，元代萧粹可①认为此诗为后人伪作）。但是李白恐怕也从未试着去与世间调和吧。不仅如此，我们甚至在诗中可以看到，他将自己的不遇归咎于世间的抛弃。

我本不弃世，
世人自弃我。

（《送蔡山人》）

　　这两句诗或许是站在蔡山人的立场上所说的。即便如此，想必其中多少也寄托了些李白平素的想法吧。无论是直接还是间接，这样满不在乎地说，反倒更令人敬爱。

---

　　① 萧粹可，名士赟，元代人，斯波六郎误记为明人，撰有《分类补注李太白诗》。

那么世人为什么擅自抛弃"我"呢？那是因为世人没有慧眼。李白换种说法继续书写愤慨：

> 流俗多错误，岂知玉与珉。
>
> （《古风·其五十》）

《礼记·玉藻篇》中说"君子贵玉而贱珉"，讥讽世人往往弄错事物的真实价值，无法区分玉和与玉相似的石头。这句诗寄托了李白对世人重视珉那样徒有其表的人，却抛弃像玉一样优秀的自己的不满。

> 世无洗耳翁，谁知尧与跖。
>
> （《古风·其二十四》）

尧想将天下禅让给许由，然而许由却连听到都觉得污秽，用颍川之水清洗耳朵。这个故事见于《高士传》，"洗耳翁"指的就是许由。在这里，"洗耳翁"是当作能够清楚区分应该听到和不该听到的人，也就是具有高明见解的人的意思来使用的。"跖"指的是名为盗跖的大盗。在这首诗中寄托的感情与前例相同。

> 白玉换斗粟，
>
> 黄金买尺薪。
>
> 闭门木叶下，

始觉秋非春。

（《送鲁郡刘长史迁弘农长史》）

开头两句的意思是支付很大的代价去买少量而且平凡的东西，旨在讽刺世人以无聊的人为贵，却不重视杰出的人物。结尾两句表现的是不受重视的人，也就是自己的寂寞的心情。

树榛拔桂，囚鸾宠鸡。

（《万愤词投魏郎中》）

梧桐巢燕雀，枳棘栖鸳鸾。

（《古风·其三十九》）

这两首诗也是在嘲讽清浊贤愚颠倒的世间，到了接下来的诗中，就更是极笔痛斥：

鸡聚族以争食，
凤孤飞而无邻。
蝘蜓嘲龙，
鱼目混珍。
嫫母衣锦，
西施负薪。

（《鸣皋歌送岑征君》）

由以上诸例，我们可知李白对世人的有眼无珠是如何的愤恨。

李白也歌咏"君平既弃世，世亦弃君平"（《古风·其十三》），如果像汉代的严君平那样，自己弃世，世亦弃我，这可以说是互相厌弃吧。然而李白却说"我本不弃世，世人自弃我"，他感到自己为世人所无视，因此生出了"世路如秋风，相逢尽萧索"（《游敬亭寄崔侍御》）这样的感慨。

他对自己才能的自信越强烈，遭到无视时的愤慨也就越深。李白还作有强烈地抒发这种愤慨的作品：

> 烈士击玉壶，
> 壮心惜暮年。
> 三杯拂剑舞秋月，
> 忽然高咏涕泗涟。
>
> （《玉壶吟》）

这首诗恐怕作于李白 44 岁离开朝廷之后的不遇境况中的吧。

敲击玉壶，惋惜暮年；秋月下舞剑高歌，泣涕涟涟。这都是因为在李白的内心深处郁积着的深深的愤慨。虽然不免有些过于主观，这样的愤慨，对于李白来说恐怕持续了一生。在他的作品中，出人意料的是有很多以这样的愤慨为基调的作品。

感觉到自己的真正价值得不到世人的认可，换句话来说就是感到自己遭到了来自周围的拒绝和排斥。那么，在自己屡屡凝视遭到周围排斥的自己之时，孤独感就产生了。在李白的作品中，歌咏这样的孤独感的作品也不在少数。但是在这里想要特别注意的是，李白对遭到周围排斥的原因的思考。

粗略地来说，感到遭到周围排斥的人有很多，具有代表性的就是前面列举过的屈原、宋玉及之后的诸人，这些人将自己遭到排斥的原因主要归为自己所怀抱的信念的正确，以及"时"与"命"这样非人类能控制的因素，也就是归因于社会的制约。然而李白则将自己遭到排斥的原因主要归咎于世人的不理解与没见识。话虽如此，李白对"时"也不是完全不关心，他也写下了"时哉苟不会"（《赠崔郎中宗之》）之类的诗句。但是这不过是极为少见的个例，这个"时"比起运行不止的"时运"来说，现今的"时世"色彩更加浓厚吧。

如此看来，将世人的不理解和没见识看作自己遭到排斥的原因，是李白的生存方式、创作态度的一大特色，也可以说进而影响到了他的孤独感吧。

李白之所以像这样，将自己遭到排斥的原因，也就是自己不遇的原因，主要归结为周围的责任，还是因为怀有强烈的自信吧。强烈的自信往往伴随着自负，自负就是自己瞧不起他人。像前文举例说明的那样，诗人写出高自标置的诗的原因也在于此吧。

而且，像这样高自标置的人也无法做到换位思考、将心比心。这也可以说是人情之自然吧。如前所述李白朦胧地意识到人类各自都是他人，做出这样的推断与是否怀有那样的意识无关。在李白的作品中，像杜甫那样对他人换位思考，怀有真正同情的诗非常少，其中一方面的原因恐怕就是他的自负心吧。

所谓自负心，与蔑视他人相表里。蔑视他人，稍微夸张一些地说，与敌视他人相连。何况认为自己不遇的原因在他人，这就更加严重了。对于这样的人，自己与他人的关系就完全是"君情与妾意，各自东西流"(《妾薄命》)了。

置身于令他感到近乎敌视的疏离的环境中，绝非乐事。这样的话，无论怎样考虑，"我本不弃世，世人自弃我"都不过只是借口，从感情上怎么都是"我亦弃世人"。李白以写下许多关于仙与酒的诗而闻名，他那样喜爱人外之境和醉境的主要的理由，就存在于这样的感情之中吧。而且这样的感情活动在他的作品中也随处可见。

　　抽刀断水水更流，

　　举杯消愁愁更愁。

　　人生在世不称意，

　　明朝散发弄扁舟。

(《宣州谢朓楼饯别校书叔云》)

以上四句诗是由共十二句诗组成的送别诗的结尾部分，与送别没有直接的关系，主要叙述的是作者主观的感受，大意如下：

即使抽刀猛然斩断流水，水也会没有止息地继续流下去。同样，想要通过饮酒来消愁，愁也仍然会绵延不绝没有止境。像这样，人类（或是一生）只要在这个无聊的世上生存，就净是不令人称意的事。好，立刻，明天就披散着头发去广阔的湖水上乘船出发，驾驶小舟任性地生活，与这个无聊的世间彻底断绝关系。

在这里想要特别注意的是"愁"与"世"的意义。

这里的"愁"或许与此时的离别之悲有关，但是更多地恐怕还是"在世不称意"吧，也就是平素郁积在心中的不平、不满和愤慨。笔者在此想要将"愁"的意义理解为这样复杂的感情，亦即无可奈何的孤独感。

说到底，虽然杜甫也是如此，但是李白更加频繁地使用"愁"字。而且李白的"愁"，在我想来与其说是当场触发的一时的伤感，不如说是内心深处的愤懑之情突然苏醒过来的、无论如何都压制不住的一种痛苦的孤独感。这里所写的就是这样的一种孤独感。

接下来的"世"是指充满着不值一提的俗物的世间，也就是"世人自弃我"的"世人"所居住的世间。因为是这样的"世"，所以只要生活在那里就会"不称意"，就会孤独。

如果这样理解"愁"与"世"的话，"抽刀断水水更流"之句也并非只是为了兴起后一句"举杯消愁愁更愁"的譬喻，而是含有更为丰富的意蕴。大概李白是根据"抽刀断水"的动作，或是根据在脑海中浮现的"抽刀断水"的动作，产生了想要切断绵延不断的"愁"的心情吧。

像这样吟味前面所引的四句诗的话，可知成为这四句诗基调的就是"愁"，也就是"人生在世不称意"的孤独感吧。由此我们可以非常清楚地明白，"明朝散发弄扁舟"就是消解这个"愁"的手段了。

当然，在渺茫的湖水上漂浮着一叶扁舟，光是想到没有方向的漂泊着，就令人感到轻松，只是如此就非常具有魅力。然而李白，至少是这首诗中的李白，并不单单只是想要创造出这种魅力才无论如何都想要外出，而是酒意还未消尽，为了散去难以承受的忧愁，才想要外出的。

此外，所谓"散发"，是不带束发的发冠，就那么披散着头发的样子。此语同《后汉书·袁闳传》中的"延熹末，党事将作，闳遂散发绝世，欲投迹深林"一样，包含着远离俗世的意味。因此，"散发弄扁舟"象征着远离俗世，并不只是文字表面的乘舟的意思。

穷愁千万端，

美酒三百杯。

愁多酒虽少，

酒倾愁不来。

（《月下独酌·其四》）

穷愁有数千万那样多，美酒足足喝了三百杯。与愁的量相比酒的量就少了，但是饮尽酒之后就心醉神迷，就连穷愁也不再袭来。

笔者虽然只选取了《月下独酌·其四》的最初四句，但是这里的"穷愁"与《月下独酌·其三》中的"穷通"（不遇与荣达）和修短（长命与短命）都是以忧愁为主的，也就是与前面的"愁"是相同的。李白诗中常说"三百杯"，比如"一日须倾三百杯"（《襄阳歌》）、"会须一饮三百杯"（《将进酒》）。

这首诗稍稍有些诙谐的趣味。然而即便如此，在"酒倾愁不来"一句处，还是明明白白地说明了李白饮酒的动机之一。如果将这一句同前面所引的"举杯消愁"以及"涤荡千古愁，留连百壶饮"（《友人会宿》）等诗句放在一起来思考的话，这一点就会更加清楚。

李白喜爱"醉中仙"（《赠宣城宇文太守》）①、"酒中趣"（《月下独酌·其二》）、"醉中真"（《拟古·其三》）。他喜爱这样心境的动机，至少主要的动机是"愁不来"，也就是逃避忧愁。于是他依靠"终日醉"（《春日醉起言志》），想要终日逃避忧愁。反过来思考的话，不得不终日醉的原因是诗人的忧愁太多了吧。

以上所讲的是，李白喜爱人外之境、醉境的主要动机是想要消除心中的忧愁。这一点稍加说明就可以明白，这一特点也未必只在李白身上能够看到。尽管如此，我之所以详细地展开论述，还是因为李白非常明确地意识到了这一点，而且这一点还衍生出了人们对李白的看法。

李白喜爱用人外之境和醉境来消除忧愁，这并不意味着他对忧愁——与孤独感交织在一起的苦恼的加深毫不关心。换言之，正因为现实的苦恼使他的期待落空，所以他才竭力想要逃避到非现实的世界中去。吟咏"人生达命岂暇愁，且饮美酒登高楼"（《梁园吟》）之类的诗句，或许就是在倾诉那样的态度吧。他之所以被看作乐天主义、快乐主义，实际上正是缘于这样的生活态度吧。不仅如此，就像前面叙述的那样，李白鲜有站在他人的立场上心平气和地换位思考的作品，也

---

① 此诗全题为《赠宣城宇文太守兼呈崔侍御》。

可以说是这样的生活态度导致的必然结果。

实际上，这个态度也是他在到达超越之境后仍然感受到孤独，而且往往伴随着高自标置和不与外物融合的心情的重要的原因。虽说如此，我丝毫没有就这件事来议论李白作为诗人的价值的打算，只是觉得世间种种、人类种种，有着各种各样、形形色色的生存方式。

附　录　中国文学中的融合性 *

　　我在受藤原先生邀约时，没太细想就给了这样一个题目——"中国文学中的融合性"。但之后琢磨起来，我才觉得这是个相当棘手的题目，因而甚感苦恼。可是现如今这已经是无可奈何之事了，我就大概讲讲自己的想法吧。

　　文学究竟为何物？这是个很难的问题。自古以来，无论在任何一个国家，这都被视为一个难题。确实，这个问题是不可能用简单的语言就能讲清楚的。就我个人而言，要而言之，文学就是细腻地体味人生。在我想来，我们对人世间的种种，不是避而不谈，而是仔细地咀嚼它，仔细体察其中的况味，并且将其形诸于文字，由此便有了文学作品。因此，读者正是通过对文学作品的阅读，来细细体味所谓的人

　　* 本文是昭和二十八年(1953 年)十二月十三日广岛"二日会"第七次例会时我所做的演讲速记。标题所示的这个问题，从学问的角度讲，绝不可能轻易就得出结论。我个人现如今也没有对此进行过特别深入的探究。只是，就这场例会的性质而言，我没有必要进行严格的学术演讲，只是很轻松地把自己随意想到的内容谈了谈，由此便形成了这样一篇文章。因此，各位读者如果也只是很轻松地草草一读，全然没有任何问题。万一，对那些想要深入探究这类问题的人而言，这篇文章倘若能成为他们研究的一小块基石的话，那我就真是喜出望外了。

生的。

　　不过说起来，在表现这种人生况味的时候，有一种方法是将这种况味原原本本地表现出来，还有一种方法则认为体会这种况味所得即为真理之一种，并据此形成了主义和主张。阐述相应的主义与主张便是文学的重点所在。我将前者命名为低徊文学，将后者命名为主张文学。而中国文学呢，既有以所谓韵文之形，或者就是以单纯的韵文进行言说的；也有在我们一般所称的诗歌之外，以赋和词之类的形式进行言说的。这部分大体上就是低徊文学。而被称为普通散文的，大部分属于主张文学。这种主张文学往往有一个特质，即很容易和道德、政治之类的联系到一起。

　　文学和政治以及道德的关系，无论在古今东西都是一个问题。关于这个问题存在着种种意见，有人认为文学必须是独立的，还有人认为文学必须和政治相联系，还有人认为文学必须和道德相联系。单就中国而言，汉代，也就是公元前后 1 世纪、2 世纪时的文学，大体上都是隶属于道德的文学。到了 3 世纪左右的时候，有一个著名的人物，叫曹操。此人主要是作为武将而为我们所熟知的，但他绝不只是一位武将，其实也是一位卓越的文学家。以这位曹操和他的两个儿子曹丕、曹植为中心，有相当一部分人在极力鼓吹文学。从这个时候开始，纯文学的价值得到认可。曹操的儿子曹丕甚至有一句名言："盖文章者，经国之大业，不朽之盛事。"①这绝对可谓是文学的独立宣言。这句话

━━━━━━━━━

　　①　此句出自曹丕《典论·论文》。

和西方的名谚"人生短，艺术长"，大体可以理解为同一个意思。文学就这样从魏开始变得独立了，但这之后的文学仍然和道德、政治相互纠缠，处在不断的变迁之中。如果说文学一定要和什么东西纠缠在一起，或者极端一点说，文学一定要成为什么东西的奴隶的话，那么在我看来，相对于成为政治的奴隶，还是成为道德的奴隶要好一点。至于其中的缘由嘛，如果成了政治的奴隶，那么文学就不仅仅成了政治的宣传机器，而且丧失了批判政治的可能。然而，如果成为道德的奴隶的话，从道德的立场出发，文学还是可以对政治进行批判的。倘若文学不再关怀政治的善恶，仅仅变为政治的宣传机器，那么这个世界就无法指望更进一步的进步了。然而，如果文学隶属于道德，那么从另一种立场也就是道德的立场出发，还是有可能对政治进行批判的。由此，文学对社会进步也就能多做一些贡献。

此外，文学是对人生的体会。就这种体会如何得到表现而言，可以分为低徊文学和主张文学两类，这一点前面谈过了。然而，在创作文学作品的时候，究竟应当抓取什么样的题材？从这一点上来看，有一种是作者锐利地把握住人生中谁也没有察觉到的一面，并且就按照它本来的样子，对其进行描述，从而让读者也对此产生种种体会。还有一种是将谁都知道的事情，或者之前已经有人说过的事情，再一次诉诸笔端，同样也能让读者去体会人生。换言之，就是捕捉新材料和重温旧材料这两种方法。那么，在中国文学中，将几千年来的作品打通了看，如果要问这当中倾向于哪一种方法的话，可以说，中国文学的一大特色，就是不太积极于开拓一些让人眼界一新的领域，而是将那些古老的东西，或者是过去已经被选取过的东西，无数次地选为题材，重遭笔端。就这样，前人已经言说过的东西，或者是谁都知道的东西，要又一次地诉诸文字，让别人体味。那么，创作时如果不在表现上花费一些功夫，就不会得到别人的另眼相看。因此，中国文学在表现的功夫上就会大费周章。

本来，文学这种东西，即便选取了新的题材，倘若完全不考虑表现的问题，也不可能成其为文学。文学究竟以内容为主还是以形式为主，这个问题，无论古今东西都是个老问题。不过，在表现上全然不费心思的东西，必然不会是文学。研究过文学发展史的人，无论是谁都会很快注意到，在文学尚未高度发达的时代，人们对情节，也即故事的演进有兴趣。唯有到了文学高度发达的时候，在情节之外，人们才会对精巧的叙述手法产生兴趣。

我们有很多人认为，无论我们想什么，怎么想就可以怎么说，而且，怎么说就可以怎么写。然而事实绝非这样。自己所想的东西，就这样原原本本地表现为语言，基本上是不可能的。此外，嘴里说的话，就这样原原本本地变为文章，也基本上是不可能的。可以见到，中国人自古就注意到了这一点，这便是所谓：

　　　　书不尽言，言不尽意。

这是常常被引用的一个句子，往往被认为出自孔子之口，不过没法确证了。可是，这句话即便再晚也应当是在公元前 1－2 世纪就有了的。它的意思是，书写下来的东西，不能完全充分地将说出来的话表现出来；说出来的话，也不能完全充分地将自己的所思所想表现出来。这是非常有意味的一句话，在我看来，事实就是如此。

语言这种东西——虽然讲这个稍稍有些偏离主题——固然是用来表示自己的所思所想，但如果在使用的时候不花费些心思，反倒有可能传递不出自己的想法。有时候，倘若将自己的想法细碎地拆解开来，冗长地说了个遍，反而有可能没法充分地将它说透。我是乘坐公交车去学校的，在公交车上——不过我最近没怎么注意了——贴了张表，表上写的是，某月某日，车上已经撒了滴滴涕（DDT）①，但其标题非常古怪，上面写着的是"预防消毒实施完毕表"。这固然是一种极其详尽之能事的写法，但如果真是已经消了毒的话，那就不是预防，而就是消毒了吧。有所谓"实施完毕"的话，说得好像还有"实施得没有完毕"一样。这固然是想要说得恭敬、详尽一些，但也反过来将其要点模糊了。还有，公交车的司机往往大声说："各位乘客，因为路面状况不良，本车会有明显摇晃，请多多注意。"这也算是说得够详尽的了。不过，如果像这样说的话，也可以反驳一句，公交车的摇晃，未必都是因为路面状况不良。公交车本身是不是也有毛病呢？（笑声）简单地说一句"车辆晃动，请多多注意"，原本已经十分够用了，然而为了达到更进一层的效果，想要把话说得更恭敬一些，就将这句话拉长了。由

---

① 滴滴涕，高效的杀虫剂，为20世纪上半叶防治农业病虫害，减轻疟疾伤寒等蚊蝇传播的疾病危害起到了不小的作用，但由于对环境污染过于严重，目前很多国家和地区已经禁止使用。

此，语言变得稀薄，核心的要点反而被冲淡了。这种现象，也不仅仅存在于语言上，也存在于法律之类的公文上。为了让种种可能的事态一件也不遗漏，这也添进去，那也添进去。因此，在书写法律条文的时候，这样的情况也要写进去，那样的情况也要写进去，用尽了一切办法，但是法律条文未能涵盖到的情况仍然时有发生。所谓"钻法律的空子"，不正是由此而来的吗。老子固然讲："天网恢恢，疏而不漏"，然而这句话换过来就是"人网密密，终也有漏"，反而导致了相反的现象(笑声)。这样想来，无论说话也好，写字也好，都绝非容易之事。如果想要将自己的思想和感情正确地表达出来，那无论如何也必须在表现上花费一些心思。文学作品既然被赋予了要唤起读者美感的这一使命，其困难程度无疑就更进一层。

说起来，语言这种东西，一旦遇到时势的混乱，那么就有可能陷入一种不知不识的混乱中。以中国的例子来看，每每进入一个混乱的时代，语言也会产生混乱。日本同样不例外，第二次世界大战之后的语言就非常混乱。我曾经针对战后的四种报纸，选取了一个月左右的时间，就其语言方式进行过统计。我感觉到，虽然这些都是非常重要的论说文章，但它们都像商量好了一样地陷入了混乱——不过，最近一段时间，这种现象在相当程度上回落了。固然可能会有人认为，语言这种东西，随便怎么样都好，但事实并非如此。语言和人的思维方式是互为表里的关系，语言的混乱，其实证明了思维方式的混乱。虽然现在已经是战后了，就让我讲讲战争期间使用的一两个有趣的词汇吧。战争开始之后，"配给"这个词开始为人们所使用。我不知道这个词在我们国家最早是被谁使用的，但是在中国，在 3－4 世纪的时候，或者至迟也是 4 世纪的时候，这个词就已经被使用了。晋代的时候，有个人叫王敦，娶了天子之女为妻，当时随从而来的婢女据说达百余人之多。然而，后来世间大乱，这些婢女如何处置就成了一件麻烦事，王敦最后将她们都颁赐给了部下的将士们。关于这件事，史书上记载的是"敦悉以公主时侍婢百余人配给将士"①。这便是"配给"这个词最古老的用例了吧。不过，配给的官方价格是多少，史书上没有写（笑声）。从那时候起，一直到最近，在牛田②这个地方，酒店里都挂着"冠婚葬祭用酒配给所"的标牌。这也是很巧妙的一种说法啊。"婚"是结婚，"葬"是葬礼，"祭"是祭祀，这三者大概谁都知道，但如果要问"冠"是什么，能答得上来"冠"就是元服③的人恐怕不多吧。更何况，知道元服的具体情况的人，更是几乎没有了吧。在我想来，事实上现在也不会有人再说，"我的儿子马上要着元服了，给我配给点酒"了。酒店还把这个"冠"字挂出来，很好地用上了这个古语的精髓。但无可奈何的是，"冠"已经是一个死语了，在今天已经不通用了。总之，想要适当地使用它，已经非常困难了。

前面已经讲过，中国文学之中往往花费很多表现上的心思。那么，

---

　　① 原文见于《晋书·列传第六十八：王敦传》。

　　② 牛田，地名，位于广岛市东区。斯波六郎先生长年居住于此，晚年以"田牛"自号。

　　③ 元服，日本自奈良时代以来，为表示成人而举行的一种加冠仪式，在民俗学上属于"通过仪式"之一。"元"即头部，故而斯波六郎说，元服的精髓即在"冠"字。在元服仪式结束后，男子即可饮酒。

如果要问他们究竟是怎么做的，我们不妨看看一件被认为是创作于公元前3世纪左右的作品中所表现出来的创作方法。

> 增之一分则太长，
> 减之一分则太短，
> 著粉则太白，
> 施朱则太赤。

这是一种用来形容美人的身材和粉黛的表现方式。那全然无可挑剔的身段，已经到了增加一分则嫌过长，剪短一分则嫌过短的程度。而她那宛然天成的美丽色泽，则到了施以白色则嫌过白，施以红色则嫌过红的程度。整句话便是这个意思。

这样一个句子为3世纪左右的魏朝作家所效仿，同时更添一层心思，写成了如下的句子。

> 浓织得中，修短合度。
> 芳泽无加，铅华不御。

这两句诗的意思是：既非太胖，亦非太瘦，恰恰适宜；既不太高，也不太矮，刚刚合适。不涂胭脂，也不抹香粉。这一句，正是承袭着上面的句子而来，但是在表现上更添了一层功夫，字数减少了，但内容却更趋丰富了。再如，思君如流水，何时有穷已。

这句诗所表达的意思是：我对你的思念如流水一般，绝无终止之时。到了后来，更有人花费心思，写出了这样风格的句子。

问君能有几多愁，恰似一江春水向东流。

这句诗的意思是：如果您要问怀有多大程度的愁思，那我的回答就是，与扬子江一样。春日的扬子江滔滔不断地向东方奔流，我所怀有的无限愁思正如那江水一般永无断绝。这句话的意思与前面一句大致相同，但是在表现上，较之前文，字数增加了，更趋具象，意味也更深了一层。换言之，这是在前文的基础上更进了一步。可以说，各个时代的作者几乎都在这方面反复花费着心思。

我再举个例子，来看看中国的作者在表现上有多么用心吧。唐代的诗人贾岛，在月夜漫然散步时，脑海中浮现出了"僧推月下门"这样的一个句子。他正沉浸于月色的美丽，悠然漫步之际，不知不觉中就到了友人家附近。虽然夜已深，但贾岛还是想要拜访一下友人。这种心绪其实已经在"僧推月下门"里表达出来了，但转念一想又觉得，较之于"推"，似乎"敲"更好。可是再一想，觉得还是"推"好。到底何者为好呢，他就这样用手模拟着推的动作，又模拟着敲的动作，如坠梦中般往前走着，很偶然地在这条道上和一支队列撞上了，被他们严厉呵斥。他将自己的实情原原本本地说了一遍。万幸的是，这支队列中就有一位著名诗人，韩退之①。韩退之说，"这里以敲为佳"。由此，贾岛才决定在这里用了"敲"字。这里虽然只是很简单的一个字的问题，但是其中况味是非常不一样的。如果是"僧推月下门"的话，那就意味着门只需要轻轻一推就开了。夜深时分拜访友人，轻轻一推就能将门打开，这等同于门在事先就没有锁上。然而事实并非如此，这是在晚上突然去拜访友人，肯定需要咚咚地敲门，友人才能出来为他开门。这正是"敲"字这一选择的有趣之处。虽说是一个字，或者说，即便是一个字也非常花费心思。在唐代诗人中，就有人

> 吟安一个字，捻断数茎须。

这是诗人对自己在推敲过程中的痛苦进行自嘲的话。即便是一个字，也要捻着胡须费心琢磨，在最终定稿的时候，已经不知道捻断了多少根胡须了。

中国文学正是这样在表现上大费周章的文学，因此，其文学作品往往会有几个表现上的固定特色。饶有趣味的是，从这种表现上的特色，往往可以很自然地窥得这个民族在思维方式上的一些特色。中国文学在表现上的第一个特色，便是"重言外之意"。如果要举一个例子，不妨来看看杜甫非常著名的一首诗《春望》：

---

① 韩愈，字退之。

国破山河在，城春草木深。感时花溅泪，恨别鸟惊心。

烽火连三月，家书抵万金。白头搔更短，浑欲不胜簪。

这是一首表现战乱的诗。"国破山河在，城春草木深"，指的是国都惨遭破坏，但是山河却如往常一般还在那里；春意盎然之际，城下的草木也茂盛地长起来了。然而，山河依旧，草木茂盛，却并非这首诗的重点。籍借"山河在"，诗人想要表现的是国都往昔的雄姿如今荡然无存的深刻悲哀；籍借"草木深"，诗人想要传达的深切哀痛在于，一度人声鼎沸的街道，如今竟连一户居民也见不到了。换言之，不难见到，诗人对这些毁灭殆尽的事物和逝去的人们寄予了深厚的感情。此外，所谓"感时花溅泪，恨别鸟惊心"说的是，花和鸟，本来都是极为喜乐之物，但即便是喜乐如斯的鲜花也满眼含泪，即便是喜乐如斯的鸟儿也令人感到心惊胆战。由此，才展现出了一种深深的叹息，可见这个世界已经到了何其糟糕的程度。像这首诗一样，在言语之外还别有深意的作品，往往被视为佳作。所谓"眼光透过纸背"①，便是要读出这些言外之意。

如果将这一特点和日本的俳句之类略作比较，那就有明显的一层区别。例如，

鸦息枯枝秋暮时

---

① 此句出自清人吴乔的《围炉诗话》。

（枯枝に烏のとまりたるや秋の暮）

或者

古池塘，青蛙入水央，一声响

（古池や蛙飛びこむ水の音）

这样的句子里，"枯枝"这一句，吟咏的是秋日傍晚的寂寥。首先感受一下，停驻在枯枝上的鸟儿，是作为一种象征出现的吗？或者说，诗人偶然见到了停驻于枯枝上的鸟儿，由此真切地感觉到了秋日傍晚的寂寥呢？两种理解何者为好，只有问作者本人才能知道答案。然而无论哪一种，这首诗都确凿无疑地表现了秋日傍晚的寂寥。在这句"鸦息枯枝秋暮时"中，停驻于枯枝之上的鸟儿和秋天的暮色，就这样并置于一条直线上。秋天暮色的寂寥和停驻于枯枝之上的鸟儿的身影，是一致的。而所谓"国破山河在"，则是借"山河在"来表现实际上已经灭亡的事物。如果检视一下"古池塘"这一句也能发现，是首先感受到了一种闲寂，然后用青蛙一跃而跳入古池的声音来象征这种寂寥呢，还是说，真的就是偶然听到了青蛙跃入池中的声音，由此感到一种深深的寂寥呢？何者为好，已经很难知晓了。但无论如何，这种寂寥之感，和青蛙跃入古池的声音是一致的。然而，在杜甫的这首诗里，表面的语言和想要传达的意味却是不一致的。换言之，它的意味寄托在言语之外。

当然，也不能说中国文学中就没有这种直线式的叙述方式。例如唐诗中就有

古道少人行①

这样的句子（"稀"和"少"这类的词，在日语中用作"罕有""少有"的意思；而在汉语中，"ない"则用来表示"没有"这种否定的意思②）。诗人在古道之上见不到一个行人，由此感到孤寂，如果就这样表现出来，那就应当是

道上无人秋暮时

（"この通や行く人なしに秋の暮"）

这首俳句正是以前文为基础的。固然不能说，这种直线式的句子在中国文学中完全不存在，但是这种写法往往得不到很高的评价，毋宁说，前面杜甫那首诗的书写方式更能得到赞誉。换言之，他们珍视的是能不能在语言之外带入意味。在这里，何种书写方式更能得到好评，这种评价方式中就表现出了一个民族的思考方式。

————————

① 此句出自唐代诗人耿湋的五言绝句《秋日》，其原诗为："反照入闾巷，忧来与谁语。古道无人行，秋风动禾黍。"
② 斯波六郎先生此语涉及日文的训读。因为按照训读，这个句子当训读为"古道人の行くなし"，斯波先生提示这个"なし"在这里表示的是没有人。

如果要说，这种注重言外之意的特点，呈现出了什么样的思维方式、感受方式的话，那么以这句"山河在"为例，在作者的头脑中，田耕兴盛，家家户户秩序井然的和平时代，和仅仅剩下一脉山河的当下的情形形成了鲜明对比，由此思考出的结果，便生发出了这样的句子。而"草木深"这一句，人丁兴旺，街道繁华的时光，和这些东西统统消亡，唯有草木茂盛生长的当下也形成了鲜明的对比，由此感受到的结果，便生发出了这样的句子。换言之，唯有以对照的方式思考事物，才能生发出这样的表现方式。这里的根本问题，就在于这种对照式的思考方式。正是这种思考方式，才形成了我在前面谈到过的中国文学在表现上的几个特色。第一个特色，便是注重言外之意的有无，这一点我已经说过了。第二个特色，便是所谓"对句"的表现形式，这是这种对照式思考方式最为极端的一种表现形式，下面就谈谈这一点。

对句这种东西，在任何国家的文学中都能够见到，然而产生于中国的这种对句，和日本以及西洋的对句在形式和意味上都有不同。中国的对句，无论在形式上，还是在内容上，都是用完全整齐的句子并列而来的。例如，

饥岁之春，幼弟不饷。
穰岁之秋，疏客必食。①

———————

① 此句出自《韩非子·五蠹》。

饥馑之年的春天，仅剩下去年收获的那点粮食，而且很快就要吃完了。在这种情况下，总还是要想办法给自己的孩子吃点什么的，但比这个孩子更小的小弟弟，虽然可怜，但却完全顾不过来了。然而，到了穰岁之时，也就是丰收之年的秋天，刚刚收获的时候，即便是所谓疏客，也即关系比较浅的来客，也一定要以饭菜招待他。这两句诗的意思大致就是如此，而且完全是以对句的形式出现的。如果要从形式上来讲，饥岁—穰岁、春—秋、幼弟—疏客、不饷—必食，正是一一对应的关系。就这样，在形式上整齐划一，在内容上也非常整齐。这便是中国的对句。前引对句，仅仅从句子上看，饥馑之年的春天，幼弟就没法吃上饭了；丰收之年的秋天，疏远的来客也一定好好款待，这两件事是并列的。这个对句想要表现的核心思想，并不是将两件事并列在这里就完了，而是对两件并列之事，在对比中进行思考，由此变为一件事。如果要说这件事是什么，那就是，人类的生活说到底是受到物质制约的。换言之，正是为了表现出人类生活受到物质上的制约，才将饥岁和穰岁的情况以对称的形式并列于一处。前文所列举的对句，还很难称得上非常工巧的对句，下列对句则非常工巧了。

　　　三五夜中新月色，
　　　二千里外故人心。①

---

　①　此句出自白居易《八月十五日夜禁中独直对月忆元九》。

这出自白居易因思念远方友人而作的一首诗，可谓是非常漂亮的一个对句，三五对二千，夜对里，中对外，这是前半段；新月对故人，色对心，这是后半段。好比是将积木非常漂亮地重重拼搭之形。所谓三五夜，便是十五之夜。曾经一度和友人共赏过的十五的月亮已经是古月了，如今，就在眼前的这一轮澄明的月亮则是新月，这便有了所谓的新月色。这是第一句的意思。第二句则是说，两千里之遥的友人，他在想着什么呢。如果将并列的这两句比照着体会，则不难深切地感受到作者和友人之间深厚的温情。由此，白居易思念友人到不能自已的心绪，便通过这两个句子表现了出来。在日本，对句未必就没有。例如，《平家物语》的开头便有这样一句：

　　　　祇园精舍之钟声，奏诸行无常之响；
　　　　沙罗双树之花色，表盛者必衰之兆。

　　这也是对句的一种。然而，"祇园精舍之钟声，奏诸行无常之响"表达的是世间无常的意思，"沙罗双树之花色，表盛者必衰之兆"说的也是世间无常的意思。这两者虽然并列，但只不过是将同一件事反复申说罢了。这当中并没有一种机能，从两者的对照中生出一些新东西。日本的对句普遍都生发不出这样的东西。然而，中国的对句绝非是将两件事单纯并列而已，而是通过并列产生比照，由此生发出一个梦中的世界，这才是其本质。三五夜中和二千里外的这个对句，同祇园精舍的对句，隔得稍稍有些远，将其进行比较或许有些不近情理，那么就试着将中国对句中咏叹人生无常的对句和祇园精舍的对句进行比较看看吧。

> 天地者，万物之逆旅；
> 光阴者，百代之过客。①

　　我想，大家在年轻时候都曾读到过这一句吧。所谓天地，是万物的客栈。世间万物在这里来了又走，走了又来。所谓光阴，便是日月。运转着的日月，是百代，也即永恒的过客。永恒的时间是有的，日月均在其中。本觉得今天才刚刚过去，不知不觉间这个月便过去了，更是不知不觉之间这一年便过去了。然而，永恒的时间却始终如一。天地是无限的空间，万事万物在这当中刚刚停步，又即刻离开。无限的时间长河中，日月同样往返不息。换言之，一方面是空间，另一方面是时间，两者并列而成为一个对句。如果要问这是用来表现什么的，那么将这两个句子比照着进行思考，不难发现，我们人类啊，从空间的角度来看，不过是这个巨大的客栈中极其渺小的一部分而已；而我们的生命，受着时间的支配，从永恒时间的角度来看，不过是驻留时间非常短暂的旅客罢了。它所表现的，正是人生的极度无常。也就是说，这和祇园精舍之钟声这一句根本上讲是相同的。虽然有此相同，但是祇园精舍这一个对句，只不过是将人生无常这件事反复申说罢了。

---

① 此句出自李白《春夜宴从弟桃花园序》。

与之相反，这一句则仅仅是将不同的空间和时间加以并列，表面上看并没有讲人生无常的意思，但是如果将两者放到一起思考，则自然能生发出人生无常的感叹。

这种创作方式，以及这种文学表现形式的高度发达，说到底是和这个民族的思维方式息息相关的。这种对句的发达，固然可以说和汉语这种语言的性质有直接关联，但是，如果要问他们为什么要使用这样一种性质的语言，那就不仅仅是一个语言上的问题了，其根本还是在思维方式上吧。在我想来，并不是因为语言的缘故，才使得这种思维方式有支配性的地位，而是因为这个民族有自身独特的思维方式，才衍生出了本民族独特的语言。他们不是一种直线式的思维方式。换言之，这是一种前后左右都反复照应着，古今上下也都照顾着，徐徐向前推进的思维方式。将事物相互牵引着并列出来，在并列中进行思考。并列即思考，归根结底就不能将单独的事物孤零零地引出来，一个劲儿地把思绪都灌注到这一个事物上。换言之，要能够在整体当中思考局部。可以说，这和绘画是一回事吧。油画在描绘一个苹果的时候，全部精力都主要集中在这个苹果上。大费周章、全神贯注地描摹苹果的色彩和形状，然后再附加一点背景之类的。这是油画的绘画方法。但是东洋画，无论是描绘一个苹果，还是描绘一朵花，画面即宇宙。整个画面是非常重要的。画面即艺术。这个画面象征着整个宇宙，是整个宇宙中的一个局部，是作为一个整体中的一朵花来描绘的。这时候就不是一门心思专门考量形体了，而是考虑着形体和空间——纸的篇幅、底色等的关系。作为整体的一个局部加以调和，这才是东洋画的画法。这就不是将所有事物进行直线式的思考了，而是在一种调配——也即种种事物之间的关系——中进行思考。"天地"这个词，就不仅仅是天和地的意思，而是将天和地进行比照式的思考，呈现出来的一种广阔空间。"日月"也是如此，绝非将太阳和月亮这两者并列在一起而已，而是通过太阳和月亮的并列，表现出一种悠久的时间。"阴阳"也是如此。它不是阴的东西与阳的东西，而是将阴的东西与阳的东西进行比照式的思考，表现出一种充盈于整个宇宙的唯一的气。"男女"，也不是男人和女人而已，而是全人类。这些都大抵是这样。

毫无疑问，中国人也不是说完全就没有直线式的思维方式。更不能说中国在历史上就没有那种对事物极度深入，对真相穷究不舍的学派。然而大体说来，这样的人往往被称作曲士——也就是强词夺理、诡辩之人。自然，他们的思路是得不到承认的。这种直线思维方式的代表，大概就是所谓"名家"的一群人。

　　一尺之棰，日取其半，万世不竭。①

一尺长的木棍，如果每天截掉它的一半，那么将会永远截下去，没有尽头。如果认同线是由无限的点连接而来，从这一立场出发的话，以上的结论也是说得通的吧。古代西洋同样有一个理论，认为兔子追乌龟是永远也追不上的。这两者是相同的。这是对理论的卖弄，也可

---

①　此句出自《庄子·天下篇》，是与惠施争论的辩者所言。

以说是诡辩。但这一类的说法总算是良性的，这种论说方式发展到恶性就有了：

卵有毛，鸡三足。①

所谓"卵有毛"，意思是说，万事万物总有一个开始。那么，鸡在生出来的时候，就开始慢慢长毛了，而不是生下来的时候突然就长出了毛。鸡原本是卵，由此，则卵一定是有毛的。所谓鸡三足，大致说的是，如果事物不在两个点上得到支撑，是肯定站不稳的。然而看看鸡走起路来的样子，即便是有一只脚着地的时候，也总有另一只脚离开了地面。鸡既然不会倒，就意味着一定还有一只我们肉眼见不到的脚。这样，鸡即便在走起来的时候，也有两只脚支撑着它。这类说法，大概就是这种格调。

如果仅仅局限在这些点上来思考，这类说法虽然极尽诡辩之能事，但也还是能成立的。所谓诡辩，本来就是随便说说嘛。这里非常重要的一个问题在于，这种一看就知道是诡辩的东西，真的可以让我们获得事物的真相吗？而且，我们极有可能把能否获得真相这件事忘得一干二净，只知道一味地琢磨诡辩的道理讲不讲得通。对这种做法，中国人在两千多年前以"能胜人之口，不能服人之心"一笑视之了。不管怎么讲，在中国，固然不能说，直线式的思维方式全然没有过，但它

---

① 此句出自《庄子·天下篇》，也是辩者所言。

从来没有作为一种主要的思维方式发展起来。虽然中国在非常古老的时候就完全通晓了天体观测，虽然两千多年前就有人制作了地动仪，但其科学却始终进展缓慢，这可能就是原因之一吧。因此我认为，前面所讲的这种前后左右都反反复复关照到，这般想，同时也这般说的思考方式，正是他们民族的一个特色。这种思维方式在文学的表现中，便衍生出对句这种结构。

此外，中国文学的另一特色便是譬喻。同样地，譬喻在各国文学中都存在。固然不能说什么都是中国的特色，但是像中国这样，在文学中大量使用譬喻的国家，恐怕还真的没有。首先举一个我们国家譬喻的例子吧。红叶，称其为"血色的红叶"，或者称其为"红色的叶子"，在词义上是一样的。然而比较而言，如果要说哪一种更有趣味的话，"红色的叶子"虽说是提到了"红"，但毕竟"红"有很多种类，故而这句话并不明晰；然而，如果说"血色的红叶"，什么都不用解释，就觉得有非常亮丽的颜色浮现在了眼前。红叶的颜色，原本是非常复杂的红色。即不用特意去说，它是这种红，还是那种红，只需要说是"血色"，就会有鲜明的印象。如果要形容山上积雪的风景的话，相对于"白色的山峰"，"白银的山峰"则更有一种难以言传的雅致。那种闪闪发光，又铺满一地的白色，能给人留下鲜明的印象。这便是譬喻的功效。人们从两个方面考虑过譬喻的功效。通过譬喻，可以让对方更容易理解一些理性方面的内容，这是其一。让对方记住一些有趣之处，唤起对方对美的感受，则是其二。

这种譬喻，在中国文学中被大量使用。例如，"朝三暮四"这个词的由来是这样的。有这么一个人，喜爱猴子，养了一大群，给它们喂橡实。后来粮食出现了短缺，他就将猴子们召集起来，跟它们讲："现在食物不足，我也很为难。你们将就一下，我早上给三颗，晚上给四颗吧。"话音刚落，猴子们都怒了。他赶忙说："那就早上四颗，晚上三颗吧。"猴子们立刻就满足了。"朝三暮四"这个词便由此而来。现在，把工资提高一点，又从税金里抽回去，就是这种"朝三暮四"的做法（笑声）。不过，如果要说"朝三暮四"这个词究竟表现了什么内容的话，那么它指的是人这种东西，愚不可及，往往只局限于眼前，从而招致问题，而且从本质上讲，永无改观。说到底，三加四等于七，不管怎么颠倒，都等于七，争执的猴子只能局限于先三，还是先四。而人与猴子其实是一样的。还有一个混沌王的故事。这位王，没有眼睛，没有鼻子，嘴巴也没有，耳朵也没有，光溜溜的一张脸。朋友们非常可怜他，一定要为他做点什么，大费一番苦心，给他凿出了眼睛、鼻子、嘴巴、耳朵，混沌王旋即就死了。友人们给他的照顾根本就没有必要，反而害死了他。如果要说这个故事有什么寓意，那就是，人活于世，混混沌沌一点反而更好。它所暗示的便是一方面有人活得混混沌沌，另一方面也有人在细碎的事情上过度操心，反而破坏了一个纯粹的世界。这是一种理性上的譬喻手法，此外还有一些别具情调，深藏意味的譬喻。

玉容寂寞泪阑干，

梨花一枝春带雨。①

这句诗的缘由，是唐玄宗在失去了心爱的杨贵妃之后，日夜烦闷至极，于是派遣使者去探访杨贵妃的魂魄。这个句子正表现了杨贵妃现身时的身姿。玉容——如玉一般美丽的姿色——就已经是譬喻了，同时还要细腻地表现出她是携带着为春雨所浸润的白色梨花而来，其"玉容"就更加一层美化，情趣也越发地深了。

这类譬喻大量使用，如果要说它的功能是什么，那也还是以对照的思维方式，唤起对方的感觉。女性的身姿和被春雨打湿的梨花的身姿两相对照，就能生发出丰富的情趣。此外，如果是理性上的譬喻，则通过对照，衍生出丰富的理解。也就是说，譬喻是将两件事物进行比照，并借此创造出一个新的幽玄世界。譬喻，倘若用的不是人尽皆知的事物，便没法达成效果。譬喻的一大特色，便是必须将谁都知道的东西用来比照。

中国文学在表现方面的另一个特色，便是频繁地使用典故。典故的使用，无疑也绝非中国的专利。然而，像中国文学这般大量使用典故的，恐怕在别的地方也见不着吧。我曾经在某本杂志上写过这样一个故事，我教过的一个孩子曾长期生活在中国东北地区，战争结束后他被引渡回国。太平洋战争刚刚打响的时候，他曾经问一位素来关系密切的中国人："这次日本的举动，你怎么看？请坦率地和我讲。"这位

————————————

① 此句出自白居易《长恨歌》。

中国人只回答了四个字："君子固穷。"《论语》有言"君子固穷，小人穷斯滥矣"，这便是其前四个字。《论语》里的意思是：即便是君子，也有可能陷入困境。但无论处境怎么险恶，君子都绝不会做坏事。然而，小人一旦陷入困境，立刻就会做坏事。也就是说，这位中国人虽然说的是"君子固穷"这四个字，但是如果要问他这句话指向的是什么，那么毫无疑问是这个句子的后半部分，"小人穷斯滥矣"，并借此对日本提出批评。

这样引用典故，是一种不直接陈述自己的想法，而借助古典，隐藏在古典之中进行表达的方法。由此，一方面让自己说的话有了十足的权威，另一方面能给对方带来余音绕梁的感觉。不过，典故的功效绝不止这些。它还可以让对方产生深度的思考，而且时不时能令人感到幽默，其功效因不同的场合而有所差异。过去，有个人叫裴楷，他从别人那里拿到钱，用来救济贫民。友人对裴楷说："如果本就是自己的东西，施与他人还说得通；但本来就是从别人那里拿到的钱，再拿去施与，你不觉得奇怪吗？"裴楷回答道："损有余，补不足，天之道也。"他说这话的意思是：如果有盈余，就从中抽取；如果有不足的，则施以补救，这是天之道。这是说得非常幽默的一句话，而且是有出典的。那便是老子所谓的："天之道，损有余，而补不足；人之道，则不然，损不足，以奉有余。"其意是指，如果有盈余，就从中抽取；如果有不足的，则施以补救，这是天之道。然而，人之道不是这样，有不足的还要被不断攫取，并且奉给那些早已经有盈余的。裴楷正是借这个典故，挖苦道："我所行的，乃是天之道。"

这种对典故的引用，是给对方以深藏的暗示。例如，刚刚所引的故事，只需要说出"损有余，补不足，天之道也"，就可以让对方的脑海中浮现出老子的整段话。刚才还谈到过的中国人，只说了一句"君子固穷"，也足以让人回想起"小人穷斯滥矣"。因此，倘若作者在文学作品中使用典故的话，读者可以不受任何拘束，以非常自由的心态，从这些简单的词汇中浮想出复杂的背景，由此就很自然地让作品的解释和鉴赏丰富起来。也可以说，这就能够实现对作品立体、深入堂奥的解释和鉴赏了。这便是使用典故最紧要的艺术效果。但它的问题在于，读者必须知道典故的来源，必须具备相关的背景知识。譬喻是利用人尽皆知的事物来达到艺术效果，但典故并非如此，它只能对具备了背景知识的人使用。无论称其为贵族化也好，还是称其为特权化也罢，这总之是一大难题。

　　不过，如果要说典故究竟是一种什么东西的话，可能它内在的原理就是和譬喻相通的，毋宁说，典故就是譬喻的一种吧。关于这一点，我们暂且不做详细的论述，但总而言之，它是将过去的事情和现在的事情，比照着进行思考的。例如，刚刚谈到的裴楷的话，救济贫民这件事属于现在。这则典故，就是将现在的事情，和过去老子说的话，比照着进行思考的。那位中国人说"君子固穷"，也是将当下的事情和《论语》中的句子比照着进行思考的。可以说，这完全就是一种比照的思维方式。前面我谈过，中国人重言外之意，还谈过对句和譬喻，这当中共通的，都是将两件事情进行比照，并由此产生一层新的意思。至于典故，普遍都有着比较浓郁的归于古典的色彩。但无论哪一种，它们共通的特点都在于，通过对照的方式进行思考，进行感受，并由此生发出一个不同的世界。

刚刚我说，在对照中生发出一个不同的世界。这究竟是什么意思，还是有必要思考一下。将两件事物比照着进行思考，进行感受，便是从这两件事物各自的角度出发，发挥其特色，从而认识它们。通过这种比照，生发出一个不同的世界，其实就是生发出一个融合的境界吧。在我想来，如果说前述艺术表现方面的特点确实存在于中国文学之中，或者说至少存在于过去的中国文学之中，那么，就足以推断，这个民族有一个明显的特征，即追求融合的境界。

以上，我拉拉杂杂说了这么多。世间的一切，如果都只站在这种对立的姿态来考量，那将永远陷在诡辩和互相揭短的泥潭里，就仿佛是两条平行线，无限延伸，但是却永远也达不到融合的境界吧。我这些不值一提的话，还请各位以比照的方式多加考量，也期望各位能够生发出一个融合的世界。感谢各位前来听我的这场演讲。（鼓掌）

后　记

在十二三岁的时候，我第一次知道了"鸡肋"这个词。到现在我都还记得清清楚楚，父亲告诉我，它的意思是"食之无味，弃之可惜"。拙稿《中国文学中的孤独感》(中国に於ける孤独感)，对我自己而言，就好比是鸡肋。这原本就不是自己的一份自信之作，但如果将它就这么扔掉，我又多少有些觉得可惜。

这份书稿，原本不是我在有了写作意图之后就直接写成的作品，而是经过了一段很离奇的经历，才勉勉强强定稿的。如果花点时间讲讲这段经历，或许在一定程度上有助于读者理解这份书稿的特质吧。

所谓"国破山河在"，指的是只有山河一如往常，人类社会则惨遭破坏，诗人对这一惨状感到痛心。而被投下原子弹的广岛则更胜于此。在这里，连山河都改变了原貌。甚至有人说，七十五年内，这里都将寸草不生。

在这种绝境下，自己勉勉强强活了下来，其间，高兴也罢，悲痛也罢，都忘得干干净净了。苏联对日本宣战后，没过几天，我们国家便宣布无条件投降。由此一来，整个国家的国民大概都陷入了一种日暮途穷的境地，尤其在这个连山河的样貌都为之一变，据说七十五年之内都不复有生物栖息的广岛，幸存下来的人们只能茫然若失，恐惧而又战栗。除了怀着一颗呆滞的心，无所事事地打发每一天之外，人们又还能有什么样的活法儿呢。

到昭和二十一年（1946 年），这种状态还一直持续着。那年秋天，尚志会①举办了一个"教养讲座"，为的就是多多少少抚慰一下人们的心灵。那个时候，我作为一名讲师，以《生活诗人陶渊明》（生活詩人としての陶淵明）为题，开过讲座。这场讲座的主旨是，陶渊明作诗并非出于游戏，而是为了歌吟生活，其中最主要的则是他自己孤独的生活。这场演讲，其实就成了这份书稿的滥觞。

我也就是在那个时候，以此为契机，生发了一个想法，想要对中国其他诗人的孤独感略作探究。然而，因为天性懒惰，我并没有在那个时候就直接着手相关研究，反而不知道在什么时候就将这件事抛到了脑后。

一直到了昭和二十八年（1953 年）的冬天，广岛大学文学部举办公开讲座，并且指派我讲五小时。在这样一个说长也不长，说短也不短的时间里，我到底该讲些什么呢？浮上我心头的念头就是我在七年前考虑过的孤独感的问题。

---

① 尚志会，广岛大学前身之一的广岛高等师范学校的毕业生同窗会，1908 年成立，由初任校长北条时敬命名，典出《孟子》。尚志会延续至今，成了今天广岛大学文学部、教育学部、理学部毕业生的同窗会。

由此，我急匆匆地选取了陶渊明之前的屈原、宋玉、汉代诸作家、阮籍、左思、陆机、王羲之和陶渊明之后的杜甫，将演讲梗概略作笔记，就手忙脚乱地站到了讲坛上。

由于准备不足，而且自己生来就吐字偏快，想来那一定是一场听着很痛苦的演讲吧。然而，当时旧制文理科大学①研究科的学生横田辉俊②仍旧一丝不苟地记下了笔记。我取来横田君的笔记一读，才觉得演讲的容量相当充实。我竟然讲了这么多的内容，这让我自己都吓了一跳，由此才知道，我吐字偏快的习惯居然还是有一点点益处的。见了这份笔记，我觉得倘若让它就这样变为一张废纸未免可惜，于是在它的基础上加以修订，到了昭和二十九年（1954 年）的春天，作为"中文研究丛刊"（中文研究叢刊）的第三号付梓，取名《中国文学中的孤独感》。这本小册子只在少数的同学和友人间流传。

今年夏天，岩波书店怂惠我在"中文研究丛刊"第三号的基础上，修订得略详细些，作为单行本出版。我抱着这样的心情，慢慢地反复校读，才惊觉文中处处都是纰漏。如果真要改到自己满足的程度，只怕非得从头改写一遍不可。然而，如果这样费事的话，对于疏懒于动笔的自己而言，究竟要到什么时候才能完成全书，就全然说不准了。因此，我放弃了这种做法，只是将相对而言比较明显的纰漏进行了修补，并且在补写了刘琨、鲍照、袁粲、李白之后便搁笔了。可以说，

---

① 即广岛文理科大学，成立于 1929 年，后改组入广岛大学。
② 横田辉俊（1927—2007），日本著名的汉学家，1978 年至 1990 年任广岛大学中国文学讲座教授，著有《中国近世文学批评史》《天才诗人：苏东坡》等。

这就是战后匆匆忙忙搭建起来的那种木板棚屋，虽说心有不甘，但我也没有能力完全改造它，只是做了些应急修护就没再管它了。关于本稿，我想要申说的就是以上内容了。

在这里，有一点我想预先声明清楚。最近，"孤独"这个字眼经常映入眼帘。看报纸也好，读杂志也好，可以说，准能见到好几个。这个词是不是一直以来都广为使用暂且不论，我个人总是毫不理睬地就跳过去了。说起来，这个词似乎也是到了当代才突然间流行开来的吧。不管怎么说，"孤独"和"和平""民主主义"这两个词一道，称得上当代三大泛滥词汇。

像这样被频繁使用的"孤独"一词，在各式各样的场合下去体会，就会有相应的种种复杂的感情色调。因此，本稿在一开始就有意讲明了："从这里开始，我所想要谈的'孤独'，都遵循现代日语的意思。"坦率地讲，这里对"孤独"一词所包含的复杂意思，并没有做更深一步的考察。换言之，我在本书中只是非常粗略地进行了一番考察罢了。

正因为如此，人们在大量使用这个词的时候，造成的复杂多样的意思，和我只取其作为现代日语的"孤独"，未必完全一致。关于这一点，读者朋友们务必注意。

在读古人的作品时，必须要尽最大可能，尽力将自己置于作者的立场上去理解，去解读。在批评古人的作品时，不应当秉持当代的尺度，轻率地非难古人，而应当将其作品还原到相应的时代，充分地认识到其在当时发挥的作用。关于这一点，从概念上看固然只是模模糊糊的一种心得，然而一旦着手于具体的文学分析工作，凡俗之辈往往就会犯难了。

现在，我列举了中国古代的诸位作家，并且对他们的种种孤独感穷根究底，这不过是从一些细微的地方入手，极为专断地施以解释罢了。诗人本人，想必完全会感到意外，并且笑话道："猜什么呢，说错了。"这样想来，实在是羞愧难当。不过，倘若宇宙真有一位主宰者的话，那么，即便面对最以精密性著称的现代自然科学目前能达到的理论最高峰，他恐怕也不会全然认同吧。我本来说的是自己研究的粗疏，却把最精密的自然科学牵扯进来，这越发成了我对自己研究之粗疏的涂饰。但我终究还是基于这样的想法，恬不知耻地将自己这点微小的研究成果献给了世人。倘若这能成为一份机缘，引得优秀的人，接连不断地推出他们的优秀成果，那对我而言，就是无上的喜悦了。

附录《中国文学中的融合性》（中国文学における融合性），正如这篇文章的开头部分所写的那样，是一篇通俗演讲的速记。这是劳烦了一位专业的速记者而成的。不难看出，速记者有高超的速记手法，记得非常好。可以说，除了引文需要订正之外，再没有什么修订的必要了。关于速记方面，我只想谈这些。关于演讲的内容，相较于《中国文学中的孤独感》，本文则更为驳杂，而且曾经刊载于《中国学研究》第十三号上。不过，我还是将这篇小文添加在了本书的末尾。

这本小书能够得以刊行，多赖岩波书店具体操办此事的诸位，以及小尾郊一^①氏的帮助。借此谨向各位表示深深的谢意。

斯波六郎

昭和三十二年(1957 年)十二月十七日先父忌辰　于广岛寓所

---

　　① 小尾郊一(1913—2004)，日本著名汉学家。1938 年入广岛文理科大学文学科求学，后长期担任广岛大学教授，在六朝文学研究领域贡献卓著。其学术专著《中国文学中所表现的自然与自然观》有邵毅平译本，由上海古籍出版社出版。

译者后记

2014年10月，我刚到日本国立广岛大学，开始博士阶段的学习，就遇上了学校图书馆举办的"斯波文库"藏书展。广岛大学斯波六郎名誉教授辞世后，其家人将他平生购藏的汉籍，共计9720册，捐赠给学校，构成了今天广岛大学图书馆里最为珍贵的"斯波文库"。2014年3月，斯波先生家人又将一套完秩的、共计147册的明版《十三经注疏》赠予学校。我所遇上的藏书展，正是校方为了纪念此事而举办的。垒起来仿如一座小山的《十三经注疏》、有项元汴藏印的《文选》、斯波先生批阅过的《说文解字注》，当日都给我留下了深刻印象。

之后，我常常进入"斯波文库"，得以从容观赏这些稀见珍本，也略微了解了斯波先生的学术源流。在图书馆里，我也多次翻阅斯波先生的著述，其考辨之精审，文辞之畅达，令人叹为观止。国内学界接触到斯波先生有些年头了。上海古籍出版社曾于1997年影印斯波先生主持编纂的《〈文选〉索引》。书前有一篇先生的长文《〈文选〉诸本之研究》(李庆译)，是国内凡研究《文选》者必定征引的名篇。近些年，杂志上偶尔还能见到一些文章论及先生的《文选》学成就。可以说，斯波先生作为日本"选学第一人"的泰斗地位，尤其他在文献考订方面的卓越成就，是国内学界所熟知的。但我们对他的了解似乎又止步于此，他在诸多不同领域的研究成果还远未得到全面重视。那时候，我就已经有心想要改变这种现状，将他更多的作品译介到中国来了。

2015年，我在东京神保町偶然买到了斯波先生《中国文学中的孤独感》一书的1958年岩波书店初版本，兴奋至极。北京师范大学出版社的谭徐锋编辑当时就邀我译出此书，我痛快地答应了。有赖广岛大学佐藤利行副校长的介绍，斯波先生的后人慷慨地将一切事务托付于我。然而等我真正着手译起来，才深觉自己的日语和古文功底在斯波先生精妙的行文面前，委实捉襟见肘。这时，我在北京师范大学的本科同学李塱宇也赴日攻读博士学位。她先后师从北京师范大学李山教授和东京大学斋藤希史教授，专攻魏晋南北朝文学，与斯波先生的研究领域正相重合。我邀她共同翻译此书，她爽快地答应了，这对我而言不啻雪中送炭。

本书从先秦到汉代部分、附录和后记部分由我初译，并经李塱宇修订；从魏晋到唐代部分、佐藤教授的序言部分由李塱宇初译，并经我修订。我们又利用中华书局和上海古籍出版社历年来出版的原始典籍对引文做了校订。全书最后由我统稿，如有疏漏之处，责任全部在我。

严格意义上讲，这是斯波先生的个人著述第一次被完整译为中文。我希望借这篇译后记，再对斯波先生的生平和学术成绩略加介绍，以补国内文献之不足。

1894 年 3 月 9 日，斯波六郎出生于日本石川县凤至郡七浦村①。据他晚年回忆，那是日本能登半岛西北端的一个偏僻之所，万幸就在不远处有佛教曹洞宗的大本山总持寺，仰赖于一批高僧硕学的影响，当地文风颇盛。斯波先生回忆说，自己的父亲也略晓汉文，在他大约 7 岁的时候，就教他吟诵了李白的"长安一片月"，这句诗给他留下了深刻印象。

　　1910 年 4 月，斯波六郎就学于石川县师范学校；1915 年 4 月，作为石川县师范学校的第一名，升入广岛高等师范学校文科第一部（国语汉文科）②；1919 年毕业后，任大阪府池田师范学校教谕；1922 年 3 月，任广岛高等师范学校助教授兼教谕。

　　1923 年 4 月，斯波六郎进入京都帝国大学文学部文学科（中国语学·中国文学专业）求学；1926 年 4 月，进入京都帝国大学研究生院。在京都的几年间，斯波六郎师从狩野直喜、铃木虎雄两位先生，并且和同级生吉川幸次郎成了终生挚友。据他回忆，在狩野直喜先生的研讨课上，自然、哲学、英国文学、日本文学等各学科的学生汇聚一堂，

---

　　① 值得一提的是，斯波六郎先生去世后，众弟子为他编定了文集《六朝文学的思索》。此书末尾附有斯波六郎先生的日文版年谱，其中写道，斯波六郎先生是"石川县凤至郡七浦村（现在门前町）字皆月に生る"。或许是基于这份年谱，国内不少资料都介绍说"斯波六郎，字皆月"。然而，日文中的这个"字"，是当时在"村"以下的一个行政单位，而非"字号"的字。复核各类资料，斯波先生一生中似乎并未使用过字，唯有晚年因为居于广岛牛田地区，而给自己取了一个"田牛"的号。

　　② 在广岛的同级生中，斯波六郎常考第二名，常考第一名的是后来成为日本著名语言学家的鹤田常吉（1897—1988）。鹤田常吉著有《日本文法学原论》，在日本有"鹤田文法"的美誉。

给他的研究带来了诸多启发。斯波六郎求学之时，正是在日本新发现的文献《文选集注》备受关注之时。中国著名学者罗振玉（1866—1940）曾长期居于京都，在携家返国前，将京都住宅贩卖所得之钱，悉数交付给内藤湖南和狩野直喜，委托其搜集、影印《文选集注》①，这便是日后"京都帝国大学文学部影印旧抄本丛书"中第 3 集至第 9 集所收录的《文选集注》的来源。狩野直喜教授当时就建议学生斯波六郎从事相关研究，这对他一生的学术轨迹有着决定性的影响。

　　1929 年 4 月，斯波先生任广岛师范学校教授兼广岛文理科大学助教授②；1934 年 3 月到 4 月，他曾短暂访问中国；1941 年 4 月，任广岛文理科大学教授（汉文学）③；1942 年 1 月，获得京都帝国大学文学

――――――――――

　　① 罗振玉最早于 1918 年影印了一种《唐写本文选集注残本》，辑入《嘉草轩丛书》，使国人第一次得见这份文献，有筚路蓝缕之功。可惜其底本主要为转抄本，而且搜罗不全，故而罗振玉在离开日本之前，才会郑重拜托内藤湖南、狩野直喜两位教授，完成一个可靠的辑本。从 1935 年到 1942 年，京都大学花了 7 年时间才将这套《文选集注》影印完毕。

　　② 在这里有必要对当时日本的学制背景略作介绍。斯波先生求学时，日本最高等级的学府是"帝国大学"；同时，仅在东京（1886 年创校）、广岛（1902 年创校）两地设有"高等师范学校"；国内各地则开设有众多的"师范学校"。当时，各地师范学校中的优等生可推送到高等师范学校，高等师范学校中的优等生则可推送至帝国大学。斯波先生所走的，正是当时一个日本学者的典型成长路径。1929 年 4 月，随着升格运动的展开，东京、广岛两所高等师范学校升格为"文理科大学"，但"高等师范学校"依旧保存，作为其附属校。斯波六郎先生也恰是在此时，结束在京都帝国大学的学习，回到母校任教。当时，帝国大学研究生阶段的学习结束后并不颁发博士学位，博士学位事实上只颁发给少数在学界享有崇高声望的人。因此，到 1942 年，斯波先生才凭借《〈文选〉李善注所引〈尚书〉考证》一书获得文学博士学位。1949 年，广岛文理科大学、广岛高等师范学校等机构改组为今天的广岛大学，斯波先生也一直在此任教，直至退休。

　　③ 当时汉文学科只有一个教授席位，故而要等到上一任教授手塚良道（1889—1961）退休之后，斯波六郎先生才能晋升为教授。

博士学位；1953 年 4 月，正式就任广岛大学教授；1957 年 3 月，退休；同年 5 月，获广岛大学名誉教授称号；1958 年 4 月，任大谷大学教授；1959 年 10 月 2 日因病逝世，享年 65 岁。

斯波六郎先生毕生的研究，首重《文选》。1942 年的博士论文《〈文选〉李善注所引〈尚书〉考证》(文選李善注所引尚書攷証)对于李善注引《尚书》加以缜密考证，恢复李善注之本来面目。《关于〈文选集注〉》(文選集注に就いて)、《论〈文选〉版本》(文選板本に就いて)等学术论文均为当时最精审的版本学成果。在电脑尚未普及的时代，中国古代典籍的浩繁卷帙往往令人望而生畏。有鉴于此，斯波先生带领广岛大学的同人，在艰苦的环境中，耗费数年时间，编纂了《〈文选〉索引》，于1957 年出版①。1997 年，上海古籍出版社影印此书，嘉惠学林。

在版本考订的文献功夫之外，斯波先生对中国古典文学同样有着极为独到的体会，本书便是一个极佳的范例，此不赘言。斯波先生还著有一册《陶渊明诗译注》，将陶诗译作日语，并且详考其背景、旨趣，与乃师铃木虎雄先生的《陶渊明诗解》，堪称双璧。

《文选》之外，斯波先生尤其钟情于《文心雕龙》，曾发表《〈文心雕龙〉范注补正》一文，以补范文澜注本之不足。先生步入晚年后，方觉思虑纯熟，开始撰写《〈文心雕龙〉札记》，可惜仅完成了《原道》至《宗

---

① 历史学家洪业(1893—1980)先生在哈佛燕京学社的资助下编纂《哈佛燕京学社汉学引得》(*Harvard-Yenching Sinological Index Series*)的故事，国内学界是非常熟悉的。斯波六郎先生《〈文选〉索引》的出版，最后也是得到了哈佛燕京学社的资助，才得以完成的。

经》四篇便撒手人寰①。在散见于各处的论文中，斯波先生对六朝文学各方面议题都阐释了自己的看法。这方面的文章，经过众弟子的辛苦搜寻，于2004年汇聚为七百余页的《对六朝文学的思索》（六朝文学への思索）一书，由创文社出版。观此一书，庶几可窥全豹。

说回这本《中国文学中的孤独感》，它共有三个版本。初版本由广岛大学文学部中国文学研究室于1954年刊印，隶属于"中文研究丛刊"的第三号。由于印数极少，这个版本流布不广。1958年，经过斯波先生本人大幅修订后，岩波书店出版了精装单行本，使之得以同广大读者见面。1990年，岩波书店利用斯波先生的自存本，修订讹误，调整片假名，将本书列入"岩波文库"重新出版，编号为"青—180—1"。众所周知，"岩波文库"是日本最负盛名的一套丛书，凡入选者均为各学科的经典之作，在日本国民的"教养教育"中扮演着不可替代的角色。斯波先生此书入选"岩波文库"，一方面，证明自1958年以来，此书获得了学术界和普通读者的一致认同，从而逐步经典化；另一方面，也等同于说，自1990年以后，此书的影响已远超学术界，成了任何一个普通日本人想要了解中国文学时极有可能的选择。这种潜在的影响力，可能是最为持久，也最为巨大的。本次翻译，便以1958年版为底本，同时参校1990年版，择善而从。

斯波先生身处一个大变革的时代。日本悠久的汉学传统犹有余绪，

---

① 王元化(1920—2008)先生于1983年编定了《日本研究〈文心雕龙〉论文集》（齐鲁书社）一书，收录有这批札记的汉译本和吉川幸次郎先生的评述（均为彭恩华译），王元化先生在序言中也阐述了自己的批评意见，可供读者参考。

欧美现代的学科理念渐次渗入，现代影印技术促进了文献的流布，这种时代背景集中体现在了斯波先生多年的求学生涯中。及至掌教广岛[①]，斯波先生潜心钻研文献，述而不作，步入中晚年才多有著述。同我们熟悉的黄侃先生一样，斯波先生的过早辞世，引得后人无尽唏嘘，但他留下的每一篇文章都可称得上是体大虑精之作。此外，在他的培养下成长起来的小尾郊一、森野繁夫、冈村繁等人日后都成了独当一面的知名学者，其学术传统延绵至今。

斯波先生辞世后，他的同窗挚友，可能也是中国读者最熟悉的一位日本汉学家——吉川幸次郎先生用汉文写下了一篇悼词，登载于1960 年日本《中国学研究》第 24·25 合并号上。这篇悼词既能见出两位前辈的高情厚谊，也颇能一窥当日日本汉学之盛。谨抄录于下：

> 郁彼君山，卓然经师。懿乎豹轩，大豪于诗。
>
> 递为祭酒，近古所稀。我何幸矣，与君依之。
>
> 当时国学，其迹如扫。唯我数生，侍彼二老。
>
> 课读文选，君言独到。刘勰文心，起予屡告。
>
> 自此卅年，如金如兰。君之广岛，早为儒官。

---

① 东日本地区的高等教育长期以来强于西日本地区。当时西日本地区的大学主要是九州大学和广岛文理科大学两所。斯波先生长年执教于广岛，实为当时西日本汉学研究的执牛耳者。日后主持九州地区汉学研究的冈村繁教授也正是出自斯波六郎先生门下。1960 年 12 月 26 日《中国新闻》(这是一份日本的报纸，所谓"中国"指的是日本的中国地方)上冈村贞雄教授的一篇文章便将"京都的吉川幸次郎、东京的仓石武四郎和广岛的斯波六郎"三人并称。

腾声飞实，桃李班班。我在京都，聊学闭关。

君书之来，不耻下问。我书之往，必见讨论。

我著有成，箴发辄损。唯求其是，言而无隐。

君之为人，不大声色。世态多变，守其玄默。

中有所愤，我独探得。慰之劳之，缓其嫉俗。

我性险急，言无次第。君弥缝之，释其乖戾。

世之诤友，其言多厉。君之于我，气如兄弟。

今君往矣，觉皇天酷心，共谁谈书，共谁读。

如瞽无相，如车无式。敢于寝门，敢尽我哭。

君有三女，婚嫁已毕。君有弟子，皆已成立。

君则何恨，而我乃泣。我啜其泣，非我独急。

君之所业，萧选是冠。沉思翰藻，其学独擅。

久意发明，远继臣善。长编虽就，诂释未半。

赍志以没，长夜曷旦。绝学绝焉，况也永叹。

呜呼哀哉，尚飨。

——同学弟吉川幸次郎

我们的翻译工作首先得到了斯波先生后人的大力支持。中田先生慨允版权，并送来斯波先生的珍贵照片。广岛大学副校长佐藤利行教授拨冗赐下序言。广岛大学小尾孟夫名誉教授、富永一登名誉教授、丸山恭司教授、佐藤大志副教授、刘金鹏助理教授，京都大学吉川忠夫名誉教授，东京大学斋藤希史教授、大木康教授，花园大学衣川贤次教授亦在各个方面提供了鼎力支持。译稿草成后，曾劳烦安田女子大学内田诚一教授，香港教育大学陈国球教授，河南大学王立群教授，首都师范大学赵敏俐教授、雍繁星副教授，北京师范大学李山教授、李小龙副教授等古典文学领域专家过目，获得了不少宝贵的修改意见。聂石樵、邓魁英两位先生长期以来关心我们的进展，可惜聂先生未及见到这本书的出版。对此，我们感到惭愧万分。北京师范大学出版社的谭徐锋、宋旭景两位编辑为此书的问世贡献良多。谨向这些师友表示衷心的感谢。

从2015年着手翻译，到2018年最终定稿，我和李嫛宇确实为此书付出了大量的时间和心血，然而最终成效如何，依旧有待读者朋友们的检验。书中如有任何疏漏，恳请读者诸君指正。

刘　幸

2017年10月7日初稿于日本广岛大学

2018年9月1日修订于北京师范大学

图书在版编目(CIP)数据

中国文学中的孤独感 / (日)斯波六郎著；刘幸，李墨宇译 . —北京：北京师范大学出版社，2019.11（2020.4 重印）
（新史学译丛）
ISBN 978-7-303-24887-2

I. ①中… II. ①斯… ②刘… ③李… III. ①中国文学—文学研究 IV. ①I206

中国版本图书馆 CIP 数据核字(2019)第 172331 号

营 销 中 心 电 话　010-57654738　57654736
北师大出版社高等教育与学术著作分社　http://xueda. bnup. com

ZHONGGUO WENXUE ZHONG DE GUDUGAN
出版发行：北京师范大学出版社　www. bnup. com
　　　　　北京市西城区新街口外大街 12-3 号
　　　　　邮政编码：100088
印　　刷：北京盛通印刷股份有限公司
经　　销：全国新华书店
开　　本：890 mm×1240 mm　1/32
印　　张：7.375
字　　数：170 千字
版　　次：2019 年 11 月第 1 版
印　　次：2020 年 4 月第 2 次印刷
定　　价：59.00 元

策划编辑：谭徐锋　宋旭景　　　责任编辑：李云虎　李双双
美术编辑：李向昕　　　　　　　装帧设计：王齐云
责任校对：韩兆涛　　　　　　　责任印制：马　洁